领略方圆之间蕴含的人生哲理

感受古代文人高超的棋艺

[中国诗词大汇] 品读醉美

棋文化诗词

韩玉玲·编著

中国言实出版社

图书在版编目（CIP）数据

品读醉美棋文化诗词 / 韩玉玲编著. -- 北京：中
国言实出版社，2021.2
ISBN 978-7-5171-3682-8

Ⅰ. ①品… Ⅱ. ①韩… Ⅲ. ①古典诗歌－诗歌欣赏－
中国 Ⅳ. ①I207.2

中国版本图书馆CIP数据核字（2021）第005514号

责任编辑 郭江妮
责任校对 代青霞

出版发行 中国言实出版社
 地 址：北京市朝阳区北苑路 180 号加利大厦 5 号楼 105 室
 邮 编：100101
 编辑部：北京市海淀区花园路 6 号院 B 座 6 层
 邮 编：100088
 电 话：64924853（总编室） 64924716（发行部）
 网 址：www.zgyscbs.cn
 E-mail：zgyscbs@263.net
经 销 新华书店
印 刷 北京市兴怀印刷厂
版 次 2021 年 10 月第 1 版 2021 年 10 月第 1 次印刷
规 格 880 mm×1230 mm 1/32 6.5 印张
字 数 204 千字
定 价 42.80 元 ISBN 978-7-5171-3682-8

棋，有象棋、围棋、军棋、跳棋等，棋文化在我国具有悠久的历史。春秋战国时代的《楚辞·招魂》中就有"哀蔽象棋，有六博兮"之句，可见象棋在当时已经开始在民间流行。围棋是棋类的鼻祖，大约在公元前近三千年就已经出现了。据《世本》所说，围棋为尧所造。西晋张华《博物志》中说："舜以子商均愚，故作围棋以教之。"舜为启发愚钝的儿子而发明围棋让儿子学习。

下棋既可以修身养性，也可以益智延年，更可以结交好友。楚河汉界，没有人欢马叫，也没有擂鼓助威，却暗战危城，钩心斗角。纵横十九条直线，黑白分明，做眼打劫，不会高瞻远瞩，不懂运筹帷幄，岂能只手遮天？

古人爱写诗，也爱下棋，更爱在诗词里描写下棋的场面和感受。唐代诗人杜甫、杜牧都是有名的棋迷，迷恋棋局达到废寝忘食的程度。杜甫在《江村》诗中云："清江一曲抱村流，长夏江村事事幽。自去自来梁上燕，相亲相近水上鸥。老妻画纸为棋局，稚子敲针作钓钩。"描绘出了杜甫在幽静的环境中常与人下棋或垂钓的愉悦心情，这也是杜甫迷恋棋局的真实写照。而杜牧的《送国棋王逢》诗则云："得年七十更万日，与子期于局上销。"表明从现在起到七十岁的一万多天，都要用来下棋。说法虽然有些夸张，但明心迹，忘形于弈棋却是真的。宋代诗人苏轼在《观棋》中记载一次独自游览庐山白云观的体验，不见一人，"独闻棋声于古松流水之间"，产生学棋的念头。黄庭坚公事之余，喜欢较量几盘，他的《弈棋二首呈任渐》

中就有"坐隐不知岩穴乐，手谈胜与俗人言"。

明代著名思想家王阳明，小时候对下象棋非常着迷，母亲多次劝阻无效，一气之下把他的棋子扔到河沟里。他看着棋子随波漂流，摇头顿足，哭之以诗："象棋终日乐悠悠，苦被严亲一旦丢。兵卒坠河皆不救，将帅溺水一齐休。马行千里随波去，象入三川逐浪游。炮响一声天地震，忽然惊起卧龙愁。"一个棋迷的形象活灵活现地呈现在我们面前，令人捧腹。

明仁宗朱高炽，做太子时很爱下象棋，一日在宫中看两个小太监下棋，就让在场的状元曾启作诗咏之："两军对敌立双营，坐运神机决死生。千里封疆驰铁马，一川波浪动金兵。虞姬歌舞悲垓下，汉将旌旗逼楚城。兴尽计穷征战罢，松阴花影满棋枰。"仁宗当即也和诗一首："二国争强各用兵，摆成队伍定输赢。马行曲路当先道，将守深宫戒远征。乘险出车收散卒，隔河飞炮下重城。等闲识得军情事，一着功成定太平。"这两首诗被后世誉为咏象棋诗的代表作。不过在象棋诗中，流传最广、影响最大的还是这句"观棋不语真君子，落子无悔大丈夫"，这两句诗，一是把棋品和人品等量齐观，二是以深刻寓意道出对弈者必须有高尚的棋德。下棋想赢是人之常情，但不要把输赢看得过重。正像诗人王安石在《棋》诗中说的："莫将戏事扰真情，且可随缘道我赢。战罢两奁收黑白，一枰何处有亏成。"

看下棋也是一种娱乐活动，同时更是一种艺术享受，这其中的美妙之处只有看棋人知晓，正像清代袁枚在《春日偶吟》诗中所云："拢袖观棋有所思，分明楚汉两举时。非常喜欢非常恼，不看棋人总不知。"

本书精选我国历代与棋有关的优美诗词，配上相关赏析，力求为读者呈现古诗词中不一样的精彩。

编　者

目 录

附 录

池上二绝(其一)

【唐】白居易

山僧对棋①坐，局上竹阴清。

映竹无人见，时闻下子②声。

【注　释】

①山僧：住在山寺的僧人。对棋：相对下棋。

②下子：放下棋子。

作者名片

　　白居易（772年—846年），字乐天，号香山居士，又号醉吟先生，祖籍太原，到其曾祖父时迁居下邽，生于河南新郑，是唐代伟大的现实主义诗人，唐代三大诗人之一。白居易与元稹共同倡导新乐府运动，世称"元白"，与刘禹锡并称"刘白"。白居易的诗歌题材广泛，形式多样，语言平易通俗，有"诗魔"和"诗王"之称。官至翰林学士、左赞善大夫。公元846年，白居易在洛阳逝世，葬于香山。有《白氏长庆集》传世，代表诗作有《长恨歌》《卖炭翁》《琵琶行》等。

译　文

　　两个僧人坐着下围棋，竹荫遮盖了棋盘。

　　再无他人能在竹林外见到他们，人们在竹林外的话可以听到两位僧人微小的落子声。

[赏析]

这首诗写山僧对弈，也是诗人自己心态的一种反映。深山里的和尚本来就是与世无争，他们又在竹荫下下棋，那种不染一丝尘埃般的清净，令作者神往。"山僧对棋坐"，说明至少有两个和尚；"时闻下子声"，说明有人在旁边听，那么至少是三个人在场了。这首诗人物全都隐藏不露，虽有三人活动，也觉得清幽无比。尤其最后的那句"时闻下子声"更如天籁音乐，烘托了真正的宁静。

登观音台①望城

【唐】白居易

百千家似围棋局②，十二街如种菜畦③。
遥认微微入朝火④，一条星宿⑤五门⑥西。

【注 释】

①观音台：指唐长安乐游原上观音寺（后改名青龙寺）内的高台。观音，佛教大乘菩萨之一，从梵文本译为"观世音"，因避唐太宗李世民名讳，略称"观音"。

②局：棋盘。

③菜畦：菜田中划分的方形小区。

④入朝火：官员早朝时所执之灯火。

⑤一条星宿（xiù）：形容百官所执灯火，宛如天空一道星宿。

⑥五门：指长安大明宫正门丹凤门。

译 文

长安城百千家的分布像围棋的棋盘一样，十二条大街把城市分隔得像整齐的菜畦。

　　远远地可以辨认出百官上早朝时所持灯火，宛如天空一道星宿直达大明宫。

[赏析]

　　此诗前二句用"围棋局""菜畦"作喻，描画长安城整饬、匀称的布局，笔直、宽敞的街道；后两句笔锋转向唐都政治活动的中心大明宫，写早朝情景，以"一条星宿"为喻，写出火把之多，官员之众，仪礼之盛。此诗的描写具体生动，言简而意丰。

　　作者在台上看到，远处百官上早朝时的灯笼、火把，像天空一道蜿蜒的星宿，向着大明宫的南门移动、伸展。这些微小、闪烁的火光，在黑夜中，与天上的星星相互辉映，增加了京城的神秘与宁静，而星宿的比喻，又与地上的天庭（即朝廷）有几分联系，显示出首都的尊严。一早一晚，一总一分，长安城的万千气象就尽集其中了。

　　这首诗描绘了长安城内皇宫衙署、市民住宅，布局规整，不相混杂的风貌。

观棋歌送儇师①西游

【唐】刘禹锡

长沙男子东林②师，闲读艺经③工弈棋。

有时凝思如入定，暗覆一局谁能知。

今年访予来小桂④，方袍袖中贮新势⑤。

山人无事秋日长，白昼懵懵眠匡床。

因君临局看斗智，不觉迟景沉西墙⑥。

自从仙人遇樵子⑦，直到开元王长史⑧。

前身后身付馀习⑨，百变千化无穷已。

初疑磊落曙天星，次见搏击三秋兵⑩。

雁行布陈众未晓，虎穴得子人皆惊⑪。

行尽三湘⑫不逢敌，终日饶⑬人损机格。

自言台阁⑭有知音，悠然远起西游⑮心。

商山⑯夏木阴寂寂，好处徘徊驻飞锡⑰。

忽思争道⑱画平沙，独笑无言心有适。

蔼蔼⑲京城在九天，贵游豪士足华筵。

此时一行出人意，赌取声名不要钱⑳。

【注释】

①僧师：本来的身份是寺院中的"神师"，出家为僧，念经参禅打坐。

②东林：本指江西庐山的东林寺，后被代称佛教寺院。

③艺经：三国魏人邯郸淳著有《艺经》一书，把围棋列为"艺"之一种。

④小桂：当指桂阳（今广东连州市），即连州州治。

⑤新势：是指新的定式或棋路变化，就是预先研究过的杀着、强手，它往往令对手不战
先怯。

⑥"不觉"句：指观棋凝神，不觉缓行的日影已下西墙，天色近暮。

⑦仙人遇樵子：指王质入山伐薪遇仙人弈棋事。

⑧王长史：当指王积薪，唐代围棋高手，唐玄宗开元年间曾任棋待诏。

⑨"前身"句：这里当系化用王维诗意，比喻僧师前世是弈仙，今世是国手。

⑩三秋兵：秋天兵强马壮，战斗力强，故称。古人将四季的每个季节分为孟、仲、季三
个季月，有三春、三夏、三秋、三冬之称。

⑪"雁行"两句：意为僧师棋艺出众，常出妙着。

⑫三湘：三湘具体指哪三地或哪三条水，说法较多，总的说来，多泛指今洞庭湖南北、
长江流域一带。僧师是长沙人，故有此说。

⑬ 饶：围棋术语，即饶先、饶子等。

⑭ 台阁：本为尚书的别称。

⑮ 西游：僙师欲去都城长安（今陕西西安），长安在连州西北，故作此称。

⑯ 商山：在今陕西商县东，又名商岭、商坂，距长安不远。

⑰ 驻飞锡：即停杖不行。承前句而来，意谓长安多弈棋好手，僙师驻杖旁观。飞锡，僧人外行所持锡杖。

⑱ 争道：就是争夺棋路，占领地盘，指的也是下围棋。

⑲ 蔼蔼：意思是昏昧不清，用以形容京城庞大、深不可测，这是对京城的实写，同时也暗示京城里钩心斗角、机关重重，有许多不为人知的内幕。

⑳ "赌取"句：谓僙师棋艺高超，但并不想以此去京师赢取财物，而只是想取得应有的声名。古时围棋，常以钱财为赌注，甚至还有赌官职的，此句实赞扬僙师重名轻利。

作者名片

刘禹锡（772年—842年），字梦得，汉族，中国唐朝彭城（今徐州）人，祖籍洛阳，唐朝文学家、哲学家，自称是汉中山靖王后裔，曾任监察御史，是王叔文政治改革集团的一员。唐代中晚期著名诗人，有"诗豪"之称。他的家庭是一个世代以儒学相传的书香门第。政治上主张革新，是王叔文派政治革新活动的中心人物之一。永贞革新失败后被贬为朗州（今湖南常德）司马。据湖南常德历史学家、收藏家周新国先生考证，刘禹锡被贬为朗州司马期间写了著名的《汉寿城春望》。

译 文

僙师是长沙东林寺的禅师，他在闲暇时经常读《艺经》，特别擅长下围棋。有时候他看起来像在打坐，进入了"禅定"之境，但谁能知道，就在这个时候他又复盘了一局棋呢？今年他来连州拜访我，可以看出他的棋道又精进了。我住在山里，无事可做，整天卧床不起，昏昏沉沉。一旦看到僙师在棋盘上斗智斗勇就会极其专注，甚至忘记了时间的流逝，不知不觉中，太阳影子由东墙往西墙移动，一天就过去了。从西晋王质观棋烂柯以来，直到唐玄宗时著名的棋待诏王积薪，僙师精心研究棋艺，丰富了神奇多变的围棋技艺。开始，双方稀稀落落地在四方布下座子、挂角、拆边或夹击……此时的棋子就好像天将亮时的星星，观众在迟疑、不解中又满怀期待。不一会儿，棋盘上就出现一幅战争场面：深秋的战场上，鼓角争鸣，齐声呐喊，局面进入最激烈的中盘战斗之中。僪师的着法如雁群飞行一般，灵活而严谨，显然是深谋远虑，极有章法。起初观众没有看出他的谋略，直到虎穴得子，大家才一起惊呼起来。僪师与一众高手交手不断，走遍三湘大地都没遇到敌手，整天下饶子棋。僪师说唐朝当权者懂得围棋艺术，也能欣赏围棋人才，如果能与这样的人见面，借此认识京城高手，当然是一件好事。夏天的商山路旁，大树底下荫翳清凉，山阴道上美景不断，僪师不时停下脚步，放下锡杖，驻足观赏。忽然，他被某种念头打断，信手拾起一根树枝，在平坦的沙地上画出棋盘，自顾自地下起棋来，一会儿他就豁然开朗，露出微笑，心中升起极大的满足感。京城仿佛在九天之上，遥不可及，那里的宴会豪华盛大，身份高贵的游客以及豪门之士充斥其间。这时候，僪师正信心满满，出人意料地向京城进发，他将会用精湛的棋艺取得应有的声名。

〔赏析〕

诗歌题目较长，但颇能显现全诗的内容和写作意图，就是观赏围棋对局并送别僪师。僪师是诗里的中心人物。诗一落笔，就交代他的籍贯和身份："长沙男子""东林师"。这是开门见山的写法，属于常套，其含义却值得玩味。它实际道出了主角既雅还俗、亦俗亦雅的双重气质。"男子"这个词使我们感到僪师有一种男性土著的粗豪气质，这种俗雅结合的身份，使僪师其人显得有些独特。诗一开笔，就吸引着好奇的读者要去了解这位僧人了。

从第二句"闲读艺经工弈棋"，便能了解到，原来僧师一本正经之外，还读"艺经"。僧师在闲暇之余下围棋并且达到"工"的地步，由此可看出他的围棋造诣颇高。

从诗句"今年访予来小桂，方袍袖中贮新势"来看，诗人以前就认识僧师并已经见识过他的风采，因为有"今年"就有往年，有"新势"就有旧势。这次僧师专程来"小桂"拜访"予"，可见他是重情谊的。"方袍"大"袖"，显出僧师的豪爽之风。"贮新势"于袖中，突出僧师精研棋道，并且成果颇丰，将这位僧师蒙上一层神龙见首不见尾的神秘色彩。

诗人自被贬连州以来，确实感到意志消沉，行动上更多与僧人交往。连州是偏远之地，虽然山水怡人，却无事可做，整天卧床不起，昏昏沉沉，而一旦观看僧师在棋盘上斗智斗勇就聚精会神，极其专注，甚至忘记了时间的流逝。不知不觉中，太阳影子由东墙往西墙移动，一天就过去了。"予"观棋前后的两种神态判然不同。这种对比展现了僧师的对局艺术对旁观者产生的极大吸引力，写得非常生动，也巧妙地体现了诗人谪居山城的心态：政治之路陷于无望，只有僧师的棋艺使诗人感到安慰并借以振作。

"自从仙人遇樵子"用西晋王质观棋烂柯的典故。这个故事非常有名，在刘禹锡的诗文中也屡有出现。刘禹锡多以"山中樵""樵"自指，尤其在《酬乐天扬州初逢席上见赠》的诗句"怀旧空吟闻笛赋，到乡翻似烂柯人"中更自比为"烂柯人"，很能传达诗人二十余年来漂泊在外乍回故乡产生的感受。在"前身后身付馀习，百变千化无穷已"中，诗人把仙人与王积薪两者比为僧师的前身与后身，两者精心研究棋艺，丰富发展了神奇多变的围棋技艺。

经过充分的铺垫渲染之后，全诗就进入了高潮："初疑磊落曙天星，次见搏击三秋兵。雁行布陈众未晓，

虎穴得子人皆惊。"这四句详细展示了僵师的绝技。诗人以旁观者的身份描绘一局棋的精彩过程：开始，双方稀稀落落地在四方布下座子、挂角、拆边或夹击……此时的棋子好像天将亮时的晨星，观众在迟疑、不解中又满怀期待。不一会儿，棋盘上就出现一幅战争场面：深秋的战场上，鼓角争鸣，万军用命、齐声呐喊，局面进入最激烈的中盘战斗之中。起初，观众限于水平，并没有看出他的谋略，直到僵师"虎穴得子"，大家才一起惊呼起来。

接下来诗人用生动的笔调为我们遥想了一幅僵师悠然西游的图景：夏日的商山路旁，大树底下荫翳清凉，山阴道上美景不断，僵师不时停下脚步，放下锡杖，驻足观赏。蓦地，他被某种念头打断，信手拾起一根树枝，在平坦的沙地上画出棋盘，自顾自地"争"起"道"来。也许僵师突然想起了某个难解定式，或者某种复杂的对杀局面，一时手痒起来。这样的时刻，僵师还在想着棋艺。少顷，僵师就豁然开朗，露出微笑，心中升起极大的满足感。"无言"而"独"笑，暗含着旁人难以领会僵师对棋的理解、无法与僵师交流之意，凸显了僵师的高深莫测，强化了僵师超凡脱俗的形象。

纵观此诗，这是一首在艺术上比较成功的好诗。首先，它成功地塑造了僵师这位棋僧兼"奇僧"的形象。僵师是诗人着力刻画的对象，他的形象能否立体，关系到全诗的成败。而最终的结果是，这个人物写得非常传神，给人留下了深刻的印象。

其次，此诗成功地传达了"予"的感受和意图。"予"愁居山城，无所事事，百无聊赖，但对棋艺非常欣赏，而且有透彻了解。围棋，成了他的一种解脱现实的方式。从对僵师的身份的推崇和他使用许多佛家用语如"入定""机格"等可以看出，他和僵人有较深的交往，对佛教有相当的了解。他对京城"蔼蔼"，如"在九天"的形容，

对贵游豪士充塞席间的描述，有感慨，有幽怨，也有一丝企慕。而同时，他对"台阁有知音"的交代，对偃师西游行为的赞许，又表明他的入世之心未死，对政治前途的希望犹存。

再次，笔法运用上的出奇制胜，取得了很好的艺术效果。诗中的"出人意"，其实是全篇诗眼。诗人深得兵家奇变之法，用笔转折变化，跌宕起伏。

最后，在音韵上，本诗以平声韵和仄声韵相间，使全诗在声音上显得高低起伏、抑扬变化。诗人对节奏的控制可谓收放自如，诚为大家手笔。

存殁口号①二首

【唐】杜甫

其一

席谦不见近弹棋②，毕曜仍传旧③小诗。

玉局他年无限笑④，白杨今日几人悲。

其二

郑公粉绘随长夜⑤，曹霸丹青已白头⑥。

天下何曾有山水，人间不解重骅骝。

【注　释】

①存殁（mò）：生存和死亡，生死，生者和死者。口号：古诗标题用语，表示随口吟成和"口占"相似。两首诗各咏两个人物，都是一生一死，故题为"存殁口号"。
②席谦不见近：即不见近席谦。近，接近，亲近。又，席谦不见近，即近不见席谦。近，近来。弹棋：亦作弹棊，弹碁。古代博戏之一。

③毕曜（yào）：原注——"毕曜善为小诗。"韩成武注——"毕曜，肃宗时人，工诗。乾元间为监察御史，尔后以酷毒流贬黔中（今重庆市彭水），其殁当在此时。"旧：过去的，原来的。

④玉局：棋盘的美称。这里借指善弹棋的席谦。他年：往年，以前。无限：无数，谓数量极多。笑：一作"事"。

⑤郑公：郑虔，唐代文学家、书画家。粉绘：彩色的图画。随：跟着，随着。长夜：谓人死后埋于地下，永处黑暗之中，如漫漫长夜，指死亡。

⑥曹霸：唐代最有名的鞍马人物画家之一，开元间的名画家。丹青：丹和青是中国古代绘画中常用之色，泛指绘画艺术。白头：白发，形容年老。

作者名片

杜甫（712年—770年），字子美，自号少陵野老，世称"杜工部""杜少陵"等，汉族，河南府巩县（今河南省巩义市）人，唐代伟大的现实主义诗人，杜甫被世人尊为"诗圣"，其诗被称为"诗史"。杜甫和李白合称为"李杜"，为了跟另外两位诗人李商隐和杜牧即"小李杜"区别开来，杜甫与李白又合称为"大李杜"。他忧国忧民，人格高尚，他的1400余首诗被保留了下来，诗艺精湛，在中国古典诗歌中备受推崇，影响深远。759—766年间曾居成都，后世有杜甫草堂纪念。

译 文

近来都没有见到善于弹棋的席谦，工诗的毕曜虽已离去，仍然传诵他生前创作的诗歌。想起以前与席谦一起弹棋时那些带来无限快乐的事感到无比惆怅，而如今面对毕曜墓地上的白杨树能有几人悲伤呢？

郑虔的那些粉绘，随着他的死亡早变成绝笔，曹霸虽然还画着丹青，但也已经白了头。唉，自从郑公殁后，这满天之下，哪里还有什么真正的山水？尽管曹将军尚存，而这人间，也并没有谁懂得去重视骅骝！

〔赏析〕

杜甫一生的遭遇和身世，使他深深地体会到了那个社会生存的艰难，深刻地理解了那个时代的苦难。友谊是生活中的美酒，无比醇浓，飘溢着醉人的芬芳。这两首诗中诗人所抒发的友爱之情，非常浓烈，醇美无比。

别房太尉①墓

【唐】杜甫

他乡复行役②，驻马别孤坟。

近泪无干土③，低空有断云。

对棋④陪谢傅⑤，把剑觅徐君⑥。

唯见林花落，莺啼送客闻。

【注　释】

①房太尉：房琯。
②复行役：指一再奔走。
③"近泪"句：意谓泪流处土为之不干。
④对棋：对弈、下棋。
⑤谢傅：指谢安。以谢安的镇定自若、儒雅风流来比喻房琯是很高妙的，足见其对房琯的推崇备至。
⑥"把剑"句：春秋时吴季札出使晋，路过徐国，心知徐君爱其宝剑，及还，徐君已死，遂解剑挂在坟前树上而去。意即早已心许。

译　文

我东西漂泊，一再奔走他乡异土，今日歇脚阆州，来悼别你的孤坟。

泪水沾湿了泥土，心情十分悲痛，精神恍惚，就像低空飘飞的断云。

当年与你对棋，比你为晋朝谢安，而今在你墓前，像季札拜别徐君。

不堪回首，眼前只见这林花错落，离去时，听得黄莺啼声凄怆难闻。

〔赏析〕

此诗极不易写，因为房琯不是一般的人，所以句句都要得体；而杜甫与房琯又非一般之交，所以句句要有情谊。而此诗写得既雍容典雅，又一往情深，十分切合题旨。

诗人表达的感情十分深沉而含蓄，这是因为房琯的问题事干政局，诗人已经为此吃了苦头，自有难言之苦。但诗中那阴郁的氛围，那深沉的哀痛，还是表现出诗人不只是悼念亡友而已，更多的是内心对国事的殷忧和叹息。

江 村①

【唐】杜甫

清江一曲抱村流②，长夏江村事事幽。

自去自来梁上燕，相亲相近水中鸥。

老妻画纸为棋局，稚子敲针作钓钩。

但有故人供禄米，微躯③此外更何求。

【注 释】

①江村：江畔村庄。

②清江：清澈的江水。江：指锦江，岷江的支流，在成都西郊的一段称浣花溪。曲：曲折。抱：怀拥，环绕。

③微躯：微贱的身躯，是作者自谦之词。

译 文

清澈的江水曲折地绕村流过，长长的夏日里，村中的一切都显得幽雅。

梁上的燕子自由自在地飞来飞去，水中的白鸥相亲相近，相伴相随。

老妻正在用纸画一张棋盘，小儿子敲打着针做一只鱼钩。

只要有老朋友给予一些钱米，我还有什么奢求呢？

赏析

这是一首平淡自然的七言律诗，作者以清淳质朴的笔调、质朴无华的语言，点染出浣花溪畔幽美宁静的自然风光和村居生活清悠闲适的情趣，将夏日江村最寻常而又最富于特色的景象，描绘得真切生动、自然可爱，颇具田园诗闲散恬淡、幽雅浑朴的风韵，深含着诗人对天伦之乐的欣慰和珍惜。

秋兴八首（其四）

【唐】杜甫

闻道长安似弈棋①，百年②世事不胜悲。
王侯宅第皆新主③，文武衣冠异昔时④。
直北关山金鼓振⑤，征西车马羽书驰⑥。
鱼龙寂寞⑦秋江冷，故国平居⑧有所思。

【注 释】

①闻道：听说。杜甫因离开京城日久，于朝廷政局的变化不便直言，故云"闻道"。似弈棋：是说长安政局像下棋一样反复变化，局势不明。

②百年：指代一生。此二句是杜甫感叹自身所经历的时局变化，像下棋一样反复无定，令人伤悲。

③宅第：府第、住宅。新主：新的主人。

④异昔时：指与旧日不同。此二句感慨今昔盛衰之种种变化，悲叹自己去京之后，朝朝又换一拨。

⑤直北：正北，指与北边回纥之间的战事。金鼓振：指有战事，金鼓为军中以明号令之物。

⑥征西：指与西边吐蕃之间的战事。羽书：即羽檄，插着羽毛的军用紧急公文。驰：形容紧急。此二句谓西北吐蕃、回纥侵扰，边患不止，战乱频繁。

⑦鱼龙：泛指水族。寂寞：是指入秋之后，水族潜伏，不在波面活动。《水经注》："鱼龙以秋冬为夜。"相传龙以秋为夜，秋分之后，潜于深渊。

⑧故国：指长安。平居：指平素之所居。末二句是说在夔州秋日思念旧日长安平居生活。

译 文

听说长安的政坛就像一盘未下完的棋局，彼争此夺，反复不定，反思国家和个人所经历的动乱与流亡，有说不尽的悲哀。

世道的变迁，时局的动荡，国运今非昔比，王侯们的家宅更换主人，无奈宦官当道，贤臣良相更成泡影，中央的典章、文物、制度都已废弃，在政治上我已经是一个被遗忘的人了。

回纥内侵，关山号角雷动、兵戈挥舞；吐蕃入寇，传递情报的战马正急速奔驰。

在这国家残破、秋江清冷、身世凄苦、暮年潦倒的情况下，昔日在长安的生活常常呈现在怀想之中。

〔赏析〕

此诗承上从慨叹身世飘零转入慨叹世事时局。首联"闻道"，是指听说，"似弈棋"说长安政局如同弈棋之变化，盛衰无常，开篇突兀，比拟奇崛。接以"世事"这"不胜悲"乃日渐积成。长安之似弈棋，实指国家之似弈棋，这种局面不是一朝一夕形成，而扫除这种悲剧局面也不是一朝一夕所能做到的。首联委婉曲折，而又从大处落墨，笔带感情。二联承上进一步就"闻道"写长安之变化。王侯奔逃，旧宅易新主；文武非人，群小并进，衣冠皆易。说"皆新"，说"异昔"，一来映照己身之寂寞潦倒，一来揭露政局黑暗腐朽。这两句承上做细致描写，以见"长安"之"似弈棋"。三联又从长安跳出，写全国"世事"之不胜悲。诗以"直北关山""征西车马"做转换，做振起，形成纵横开阔之势。上两联以传闻口气写，这一联写亲闻战鼓振响，目睹羽书飞驰，与上一联"宅第""衣冠"构成鲜明对照。"直北关山"指回纥内侵，"征西车马"谓吐蕃入寇。正值志士枕戈，流血边庭之时，而自身却流离异乡，请缨无路；那些王侯新贵，文武衣冠会怎么想？结联收转到自身。战乱频繁，国事堪悲，诗人却远走他乡，对此秋江，何等惆怅。秋日江寒，鱼龙潜跃，滞秋江而怀故国，悲政局而思致太平，其情可悯，其境堪悲。

全诗纵横跌宕，悲壮婉转，感情深沉。

全组诗因秋发兴，以己为纬，以秋为主，以悲慨为骨，描写身世之悲愤，历史兴亡的感慨，抒发故园之心，故国之思。

全组诗雄浑富丽、奇崛、悲怆。

全组诗气势磅礴飞动，感情雄浑深厚，工对严整。以描写沧江穷老之系故园，思故园，悲世事，感兴衰，而揭出诗人悲慨之深，爱国之切。由现实到回忆，由回忆到现实，揭示出诗人对理想之不断追求，对国家命运的深沉的关切。

全组诗以广阔的笔触，雄伟的气魄，悲慨的深沉，爱国的极切，以及境界之高、笔致之美而成为杜甫全部诗歌创作中最有代表意义的组诗。

七月一日题终明府水楼二首(其二)

【唐】杜甫

宓子①弹琴邑宰日，终军②弃繻③英妙④时。

承家节操尚不泯⑤，为政风流今在兹。

可怜宾客尽倾盖，何处老翁来赋诗。

楚江巫峡半云雨，清簟疏帘看弈棋⑥。

【注 释】

①宓子：孔子弟子，姓宓（fú），名不齐，字子贱。
②终军：指汉人。
③繻：古时出入关卡要道的符信、凭证，帛制，上书文字，分为两半，关吏和出入关者各执一半，过关时验合。
④英妙：指年少而才华出众的人，或者少年英俊。
⑤不泯：即不灭。
⑥棋：在唐代，与书、画、琴一起，成了风雅的象征。

【译 文】

终明府能像宓子治理一个县的时候，不过像终军弃繻时一样年轻。

终明府好像是继承了终家的节操，好像是又一个宓子贱，善于治政，政绩斐然。

这些参加水楼宴会的可爱的宾客都是倾盖如故，大家相谈甚欢，我哪有机会来写诗。

瞿塘峡中半是晴天半是云雨，水楼稀疏的帘幕，清爽的簟席，观看宾客下棋。

[赏析]

杜甫的这首诗，在围棋文化史上影响极大，末联"楚江巫峡半云雨，清簟疏帘看弈棋"尤其受后人推崇，征引借用者不绝，诸如洪炎诗云"方圆动静随机见，清簟疏帘眼倍明"，陆游诗云"清簟疏帘对棋局，肌肤凄凛起芒粟"，王世贞诗云"隐囊纱帽炯相照，小簟疏帘时所有"，吴伟业诗云"小阁疏帘枕簟秋，昼长无事为忘忧"，钱谦益诗云"疏帘清簟楚江秋，剥啄丛残局未收"，王撝诗云"疏帘清簟看分明，良久才闻下子声"，袁枚诗云"清簟疏帘弈一盘，窗前便是小长安"，毕沅诗云"清簟疏帘坐隐偏，参差月落不成眠"，彭孙遹诗云"清簟抛书午梦短，二屦初来扣空馆"，孔尚任诗云"疏帘清簟坐移时，局罢真教变白髭"等等。以至于"清簟疏帘"进而成了围棋的代称，清朝人甚至将其和苏轼的"古松流水"并列，编入类书《渊鉴类函》。

此诗作于767年（唐大历二年），诗人携家居夔州（今四川奉节）时。明府，唐人对县令的称呼。原诗自注："终明府，功曹也，兼摄奉节令。"此诗表面上是题水楼，实际上委婉含蓄地表达了浓郁的为客他乡的飘零之感和无可奈何的缘事消愁之情。

首联"宓子弹琴邑宰日，终军弃繻英妙时"，夸赞终明府年龄不大，但治政有方。宓子即宓子贱，孔子弟子；单父，地名。《吕氏春秋·开春论》："宓子贱治单父，弹鸣琴，身不下堂，而单父治。"终明府摄奉节令，因此借用宓子贱鸣琴而治的典故喻其善于理政。《汉书·终军传》记载，终军年十八，从济南当诣博士，入关时关吏付与繻，终军认为大丈夫西游，当不复还，就弃繻而去。后来，终军做了谒者，持节行使郡国，关吏认出他就是当年弃繻之人。这是用同姓的终军代终明府。

颔联"承家节操尚不泯，为政风流今在兹"，这两句分

承一、二句，叙写终明府继承了终军的节操，善于治政，政绩斐然，而且水楼宴宾，风流倜傥，不让宓子。前面四句从水楼主人说起，多应酬语，但用典灵活巧妙，看似信手拈来，却十分贴切、得体。另外，首句言宓子，二句言终军，而三、四句则颠倒，一句写终军，一句写宓子，结构参差、错落有致。

颈联"可怜宾客尽倾盖，何处老翁来赋诗"，五、六句兀地一转，蕴含深厚，其意甚苦，可嗟可叹。杜甫于公元766年（大历元年）春末到夔州，此时已一年有余。在这一年多里，因得友人照顾，生活较为安定，但他忧国忧民，思乡思亲的情绪却越来越严重。面对席上的名士和终明府的僚属故交，他感触万千，一种敏感的客愁乡思油然而起。诗人想：赋诗本是应主人之邀，凑"为政风流"的雅兴，可此情此景，我这五十六岁为客他乡的老翁，还有什么兴致呢？以老翁赋诗与席上名士故交相比，已见出客愁。

末联"楚江巫峡半云雨，清簟疏帘看弈棋"，一笔宕开，意境顿见幽邃清远，且含而不露，恰到好处，令人回味不已。一句写室外，一句写室内，全是写景，又无一不是情语。山水迷离，云雨渺茫，正见出情怀郁结愁思缕缕，而观棋于清簟疏帘的水楼内，则正是为客之情和随遇而安的自慰之情。

全诗题水楼，前面唯"今在兹"稍稍涉及，到结尾"清簟疏帘"才有所点明。从字面上看，前四句写主人，后四句写宾客，但从结构和内容上看，却正好相反，前四句是"宾"，是虚写，只起陪衬铺垫的作用；后四句才是"主"，是实写，委婉而又深沉地抒发了自己的缕缕愁思。五、六句由虚转实，而使全诗生色增辉、意境顿出的则是结尾二句。这两句光景绝妙，寄情无限。在五、六句抑的基础上，轻灵地一扬，化解心上阴云，将诗意引向清旷而又迷离、浅明而又深邃的境界。纪

昀评道："五、六笔意亦嶔崎，结句自是绝唱。"（《瀛奎律髓》），颇有见地。

在唐代，围棋已跻身上艺之列，与书、画、琴一起，成为风雅的象征。文人士大夫风尚围棋，几乎找不到不会下围棋的。杜甫酷爱围棋，不仅自己常常寄情其间，而且还劝友人"且将棋度日"（《寄岳州贾司马六丈、巴州严八使君两阁老五十韵》），因此他对围棋的情趣深有会心，"老妻画纸为棋局，稚子敲针为钓钩"（《江村》），"闻道长安似弈棋，百年世事不胜悲"（《秋兴》）等，都是历诵不衰的棋诗佳句。

因许八奉寄江宁旻上人①

【唐】杜甫

不见旻公三十年，封书寄与泪潺湲。
旧来好事今能否，老去新诗谁与传。
棋局动随寻涧竹，袈裟忆上泛湖船。
闻君话我为官在，头白昏昏只醉眠。

【注　释】

①上人：对严格戒规精于佛法的僧侣敬称。

【译　文】

　　没和旻公见面想不到已经三十年，看过你给我写的信不禁泪流满面。

不知道故人是否还有昔日的喜好，写了新诗又在与谁切磋。

还记得我常携棋具到山涧竹林寻你对弈，你穿着袈裟与我泛舟湖上的美好时光吗？

听说你逢人便说我做了高官，其实我早已是头发斑白、只会醉酒昏睡的落魄之人。

〔赏析〕

　　这篇言辞质朴的诗中，没有提及仕途的苦难和烦忧，只是流淌着昔日友谊的温情。亲如兄弟的友谊最值得珍视，世事维艰时，一腔忧国忧民都化为了友人间的欲说还休。

　　首联告知，看了来信，不觉泪流。中二联说起令人留恋而激动的当年交往，虽只举两事，各自显相知，尤其彼此赞赏对方新诗，已觉很难得。尾联借机以"头白""醉眠"形容自己近况。杜甫写作这首诗时，身居左拾遗任上，拾遗职责是纠正皇帝偏差。但不怕挑毛病的皇帝，除了正当奋发有为的明君，实在世所罕有。这就难怪他心情不好白发多，又无人可倾诉，更需借酒消愁。该诗是一首七律，也是一封回信。

石棋局献时宰

【五代南唐】李中

得从①岳叟诚堪重，却献皋夔②事更宜。

公退③启枰书院静，日斜收子竹阴移。

适情岂待樵柯烂，罢局还应屐齿隳④。

预想幽窗风雨夜，一灯闲照覆图时。

【注 释】

①得从：能够随从。
②皋夔：皋，皋陶。相传为东夷族首领，偃姓，曾被舜任为掌刑法的官，后被禹选为继承人，因早死未能继位。夔，尧舜时的乐官，正六律和五声，以乐传教天下，使天下大服。后人遂以皋夔喻朝廷重臣。
③公退：办完公事退朝还家。
④屐齿隳（huī）：屐齿折断。

作者名片

　　李中（约920年—974年），五代南唐诗人。字有中，江西九江人。仕南唐为淦阳宰。有《碧云集》三卷，今编诗四卷。《郡斋读书志》卷四著录《李中诗》二卷。另《唐才子传校笺》卷十有其简介。《全唐诗》编为四卷。李中毕生有志于诗，成痴成魔，勤奋写作，自谓"诗魔"，创作了大量的诗篇佳作。与诗人沈彬、孟宾于、左偃、刘钧、韩熙载、张泊、徐铉友好往来，多有唱酬之作。他还与僧人道侣关系密切，尤其是与庐山东林寺僧人谈诗论句。与庐山道人听琴下棋。反映了当时崇尚佛道的社会风气。

译 文

　　非常荣幸能够成为您的下级，您是一个贤臣，给您送礼物是理所应当的。希望您在繁忙公事之余，能够利用这副石棋局调剂生活，适当休息。您在公事之余下棋不一定纯粹为了打发光阴，更不是一味好仙慕道，只是陶冶性情而已。希望您能像东晋谢安一样建功立业。想象着在风雨夜里幽暗的窗边，您在灯光下对弈的场景，非常惬意。

［赏析］

李中诗内容较狭窄，多系赠答送别、写景题咏、干谒投献之作，此诗即属后者。李中有一些棋诗佳句，如"数局棋中消永日，一樽酒里送残春"（《春晓过明氏闲居》），"溪头烘药烟霞暖，花下围棋日月长"（《思简寂观旧游寄重道者》）等，都颇耐人寻味。此诗中"公退启枰书院静，日斜收子竹阴移"一联亦差可涵咏。石棋局当是比较精致贵重的，李中投献时宰以感谢提携奖掖，似无可厚非，但诗中谀辞迭见，卑躬屈节，实有损围棋的高雅。

烂柯石①

【唐】孟郊

仙界一日内，人间千载穷。
双棋②未遍局，万物皆为空③。
樵客返归路，斧柯烂从风④。
唯馀石桥⑤在，犹自凌丹虹。

【注　释】

①烂柯石：在烂柯山上，相传为仙人弈棋处。烂柯山，在今浙江江衢之南，因晋朝王质观棋烂柯而得名。
②双棋：围棋两人对弈，故称。
③"万物"句：谓世间之事物变化迅速。这里借喻山中一局棋，历世越千年。
④"樵客"两句：指王质观棋烂柯事。樵客：即樵夫，打柴的人，指王质。柯：斧柄。
⑤石桥：走进烂柯山，很远就能看到一座雄伟奇特的"桥拱"横卧于山顶上，其状如大鹏垂翼，这就是"青霞景华洞天"的天生桥。

作者名片

　　孟郊（751年—815年），字东野，湖州武康（今浙江德清县）人，祖籍平昌（今山东德州临邑县），先世居汝州（今属河南汝州），唐代著名诗人，少年时期隐居嵩山。

　　孟郊两试进士不第，46岁时才中进士，曾任溧阳市尉。由于不能舒展他的抱负，遂放迹林泉间，徘徊赋诗。故诗也多写世态炎凉、民间苦难。孟郊现存诗歌574多首，以短篇的五言古诗最多，代表作有《游子吟》。今传本《孟东野诗集》10卷。有"诗囚"之称，又与贾岛齐名，人称"郊寒岛瘦"。

译　文

　　仙界的一日，相当人间的千年。

　　棋局还未终了，万物都已化为虚空。

　　樵夫王质返归回乡之路，砍柴的斧子柄已然腐烂随风。

　　只有归路的石拱桥依然还在，犹如长虹凌空。

赏析

　　在围棋文化史上，"观棋烂柯"是一个最引人遐想和最令人感叹的传说。他将围棋变幻无穷神秘莫测的特点和弈者殚精竭虑欲穷造化的特点，生动而夸张地表现出来。

　　烂柯山又名石室山，位于衢州城南十公里处，为神州七十二福地之一，书称"青霞第八洞天"，又名"景华洞天"。晋虞喜《志林》记载：王质伐樵遇仙，观棋听歌，一局未终，而府柯书烂，孟郊为之感慨赋下此诗。当时正值孟郊潦倒失意还未中进士之前，这首游记诗流露出他面对烂柯仙迹所兴起的仙人已去仙界难期的无限感慨，以及命运难以驾驭，既孤芳自赏又不甘沉寂的复杂矛盾的心情。

看 棋

【唐】王建

彼此①抽先局势②平，
傍人道死的还生③。
两边对坐无言语，
尽日时闻下子声。

【注 释】

①彼此：那个和这个，双方。
②局势：棋局的形势。唐章孝标《上太皇先
　生》诗："围棋看局势，对镜戳妖精。"
③还生：复生，再生。

作者名片

王建（768 年—827 年），字仲初，颍川（今河南许昌）人。大历
十年进士。授渭南尉，调昭应县丞，长期沉沦下僚，文宗时官终陕州
司马，世称"王司马"。后归居咸阳原。诗工乐府，与张籍齐名。所
作"宫词"百首别具一格，在传统宫怨题材之外，又广泛地描绘宫中
风物。今存《调笑令》词四首，情韵凄怨悠长。有《王司马集》。

译 文

棋战双方，争先抽子进取，局势处在对峙之中。围观的人各抒己
见，献计献策，说是死子反而获得起死回生。观众七嘴八舌，而棋战双
方却盘膝端坐，凝棋不语。整天都是棋子与棋盘相撞的声音。

赏析

此诗首句"彼此抽先局势平"，介绍棋枰的局势。第二句"傍
人道死的还生"，以客见主。一方局危似乎必死无疑，可是下了
几手棋后，棋型又活过来，观者起初十分紧张，随后又松了一口

气。常言"当局者迷，旁观者清"，可是这里写的是旁观者虚惊一场，可见弈者棋艺之高，非观者能力之所及，纹枰局面精彩万分。第三句"两边对坐无言语"，转为对弈者的描写，最后"尽日时闻下子声"，以时间的飞逝，棋子声的稀疏收束全诗。

就棋来说，全诗除首句实写外，其余都是虚写。这种以虚见实的手法，让人有开阔的联想空间。从观者紧张的死生转换，弈者无语对坐静中见动的紧张气氛，以及算度精细小心再小心的落子声中，都能感受到双方棋逢对手，鏖战激烈，胜负难卜的情况。语浅意深，颇具匠心。弈者用心之深，棋局变化之妙，观者驻足之久，方见其妙。

春 残

【唐】唐彦谦

景为春时短，愁随别夜长。

暂棋宁号隐①，轻醉不成乡②。

风雨曾通夕，莓苔有众芳。

落花如便去，楼上即河梁③。

【注 释】

①暂棋宁号隐：用典出自《世说新语·巧艺》——"王中郎以围棋坐隐。"
②轻醉不成乡：化用典故，《新唐书·王绩传》——"绩著《醉乡记》，以次刘伶《酒德颂》。"
③河梁：桥。也借指送别之地。

作者名片

唐彦谦（？—893年），字茂业，号鹿门先生，并州晋阳（今山西省太原市）人。咸通末年上京考试，结果十余年不中，一说咸通二年（861 年）中进士。乾符末年，兵乱，避地汉南。中和中期，王重荣镇守河中，聘为从事，累迁节度副使，晋、绛二州刺史。光启三年（887 年），王重荣因兵变遇害，他被责贬汉中掾曹。杨守亮镇守兴元（今陕西省汉中市）时，担任判官。官至兴元（今陕西省汉中市）节度副使、阆州（今四川省阆中市）、壁州（今四川省通江县）刺史。晚年隐居鹿门山，专事著述。昭宗景福二年（893 年）卒于汉中。

译 文

春天的时光总是短暂，离别的愁绪让这夜晚时光格外漫长。

暂时下几盘棋也只是聊解愁绪，不能像隐士们那般超脱，轻微的酒醉不能说是进入了醉乡。

暮春的风雨日夜不停，而不堪风雨摧残的春花，也迅速凋零，全都散落在苍绿的莓苔之上。

花落了春天也将随之而去，那么这楼上就是送春归去的地方。

〔赏析〕

这首诗写的是春尽时的惋惜和不忍作别的情感。伤春伤别本是唐诗的主题之一，以之寄寓一种人生的思绪，如对时光流逝的慨叹，或对生命惆怅的一种排遣。所以这种诗中大都笼罩着感伤情调，这首诗也不例外。

诗的起句告诉我们春天的日子很短。句中的景即为"影"，可解释为"日影""光影"。春天的日子短，也就是说春天很容易过去，美丽的春光很容易消逝，这自然而然很易引起人们一种惆怅的情怀。这一句写景，那么下一句便是抒情了。作者说"愁随别夜长"，抒发了一种伤春与离别愁绪。上句"景短"，下句"愁长"，一景一情，相与对照，正好笼括了全诗的主题。全诗的诗眼正在这一联当中，即那个"愁"字，正是愁的情绪贯穿了全诗的字字句句。

齐安郡①晚秋

【唐】 杜牧

柳岸风来影渐疏，使君②家似野人居。

云容水态还堪赏，啸志歌怀③亦自如。

雨暗残灯棋散后，酒醒孤枕雁来初。

可怜④赤壁⑤争雄渡，唯有蓑翁⑥坐钓鱼。

【注 释】

①齐安郡（jùn）：即黄州，指所在今湖北省黄冈县。

②使君：汉代对刺史的尊称，以后延作州郡长官的称呼。此处为自称。

③啸志歌怀：啸、歌是同一意思，含义是吟咏歌唱，消遣情怀。

④可怜：可叹。

⑤赤壁：古战场。三国时，孙权、刘备联合在赤壁打败曹操。关于赤壁战场说法不
　一。一说在湖北嘉鱼县东北；一说在湖北蒲圻县西北；一说在湖北江夏区西南的赤
　矶山。杜牧所在的黄冈也有赤壁，虽非赤壁之战的赤壁，诗人借此发思古幽情。

⑥蓑（suō）翁：穿着蓑衣的渔翁。蓑，一种草或棕做的雨衣。

作者名片

　　杜牧（803年—约852年），字牧之，
号樊川居士，京兆万年（今陕西西安）人，
唐代诗人。杜牧人称"小杜"，以别于杜
甫。与李商隐并称"小李杜"。因晚年居长
安南樊川别墅，故后世称"杜樊川"，著有
《樊川文集》。

译 文

　　秋风瑟瑟，柳影渐渐稀疏。我所居住的地方显得更加寂静、苍茫。

　　游赏黄州的山水，闲云倒影在水中，让人赏心悦目，闲来吟啸抒怀，日子倒也过得闲适自得。

　　残灯暗淡的雨夜，一起下棋的友人已经散去，酒醒后孤枕难眠，又看到北雁南飞。

　　当年英雄豪杰争雄的赤壁还在，而如今只有我这样的蓑翁在此垂钓。

【赏析】

　　这首诗在表现手法上的特点是：虽然表现落寞、抑郁的心境，却用笔轻淡，写得充满意趣悠闲；不是正面抒发情感，而是将内心的苦闷隐藏在一系列意境清幽的画面之中，让人去细细体味。全诗笔意流畅，神韵疏朗。

送国棋王逢①

【唐】杜 牧

玉子纹楸②一路饶，最宜檐雨竹萧萧。

赢形暗去春泉③长，拔势④横来野火烧。

守道⑤还如周柱史，鏖兵⑥不羡霍嫖姚。

浮生七十更万日，与子期⑦于局上销。

【注　释】

　　①国棋：指技艺高超的围棋国手。王逢：唐代著名围棋国手，生平不详。

②玉子纹楸（qiū）：即围棋子和围棋盘。玉子：玉制的围棋子。一路饶：饶一路的倒装，即让一子。

③赢（léi）形：原指形体瘦弱，此指棋型赢弱。春泉：春日的泉水。比喻棋型由弱转强，好似春天流淌的泉水，充满了生机。

④拔势：拔旗之势。古代作战，军旗有指挥作战、稳定军心的作用。因此能否拔对方军旗是战斗胜负的一个关键。一作"猛势"。

⑤守道：谓防御稳固、阵脚不乱，就像老子修道，以静制动。守道：防守之道。

⑥鏖（áo）兵：大规模的激烈战争。

⑦期：相约，约定。

译 文

檐前淅淅沥沥地下着秋雨，窗外竹声萧萧，摆上精美的棋盘棋子，向您讨教棋艺，您是国手，让我一子。

您的棋艺着实绝妙，扶弱起危好比春泉流淌，生机不断；进攻起来势如拔旗斩将，疾如野火燎原。

您行事为人，坚守大哲学家、周朝史官老子李耳的学说；作战用兵，不亚于汉朝大将军霍去病的勇敢和谋略。

如果能活到七十岁，尚有万余日，期待能与您在弈棋中消磨时光。

赏析

这是一首颇有趣味、充满深情的送别诗。作者的友人王逢是一位棋艺高超的围棋国手，于是作者紧紧抓住这点，巧妙地从纹枰对弈一路出发，以爽健的笔力委婉深沉地抒写出自己的依依惜别之情。

"玉子纹楸一路饶，最宜檐雨竹萧萧"，起首即言棋，从令人难忘的对弈场景下笔，一下子便引发人悠悠缕缕的棋兴。"最宜"二字，足见友情之深厚，也增添了别离之感伤。

　　颔联转入对枰上风光的描写上："赢形暗去春泉长，拔势横来野火烧。"赢形，指棋形赢弱。这是赞美友人绝妙的棋艺，说他扶弱起危好比春泉淙淙流淌，潺湲不息，充满了生机；进攻起来突兀迅速，势如拔旗斩将，疾如野火燎原。然而这种惬意会随着友人的离开而不得，棋艺越妙，离别之情越浓。

　　颈联承前，使事言棋，赞叹友人的棋风："守道还如周柱史，鏖兵不羡霍嫖姚。"这两句说王逢的棋动静相宜，攻防有序，稳健而凌厉。防御稳固，阵脚坚实，就像老子修道，以静制动，以无见有。进攻厮杀，首尾呼应，战无不胜，较之霍去病鏖兵大漠，更加令人惊叹。这四句淋漓兴会，极力渲染烘托，表现出友人高超的棋艺和自己真挚的友情。

　　"浮生七十更万日，与子期于局上销。"所谓转入正题，不是正面接触，而是侧面揭示，以期代送。如今他遇上王逢这样棋艺高超、情投意合的棋友，该是多么欢乐啊。可是友人就要离去了，留下的将仅仅是"最宜檐雨竹萧萧"那种美好的回忆。因此这两句含蕴极丰，表面上是几多豪迈，几多欢快，实际上却暗寓着百般无奈和慨叹，抒发的离情别绪极为浓郁，极为深沉。

　　此诗送别，却通篇不言别，而且切人切事，不能移作他处，因此得后人好评。全诗句句涉棋，而又不着一棋字，可说是占尽风流。起二句以造胜境，启人诸多联想。中间四句极好衬托，棋妙才更见别情之重。结末二句以余生相期作结，以期代送，其妙无穷，一方面入题，使前面的纹枰局势有了着落，另一方面呼应前文，丰富了诗的意境。往日相得之情，当日惜别之情，来日思念之情，尽于一个"期"字见出，实在不同凡响。

〔赏析〕

　　此篇是以女子口吻，抒写她对情郎的眷恋。首起二句，是叮嘱之辞。"井底点灯深烛伊"，这"井底点灯"四字，谓在井底点上灯。而这井底之灯，必是深处之烛。而"深烛"，隐喻"深嘱"。"深烛伊"也就是"非常诚恳地嘱咐你"。这是作者刻意运用谐音双关的手法叙事，因而使诗意隐晦了。"深嘱"的内容即次句"共郎长行莫围棋"。"共郎"二字，明示女主人公正与郎相聚。而紧跟"长行"二字，又暗示着这是离别的时刻，所以她才对他叮嘱再三、情意绵绵。此"长行"与"围棋"，又作谐音双关。长行，据唐人笔记记载，用掷骰子来博"长行局"，因简单易行，唐人"颇或耽玩，至有废庆吊、忘寝休、辍饮食者"（《唐国史补》卷下），是一种低俗的赌博。而围棋，是中国传统的棋艺，棋理高深，可谓文人雅士的游戏。她让将要出门的丈夫记住可以玩长行而不可下围棋，这番叮嘱是另有深意的。她是用"长行"这种博戏的名称来双关"长途旅行"，又用"围棋"来双关"违误归期"。她这是告诉丈夫："远行一定不要误了归期！"在生活中，人们要把某件事情告诉对方，却又不便明白说出，往往会用这种谐音双关的方式来暗示。诗人使用谐音双关手法，造成字面上的隐语，使读者通过联想便知言在此而意在彼，即字面上是说点灯相照，与郎共作"长行"之戏，实际上是说诗中女主人公与郎长别时，曾深嘱勿过时而不归。这里的"长行""围棋"，是女主人公将她深隐的心曲婉转托出。"莫违期"是"深嘱"的具体内容，又为下文的"入骨相思"埋下伏笔。"玲珑骰子安红豆，入骨相思知不知？"这后两句从"长行"引出"骰子"，说那种制造精巧的骰子上的颗颗红点，有如最为相思的红豆，而且深入骨中，表达着女子对丈夫深入骨髓的相思。这样一来，自然又深化了第二句深嘱"长行莫围棋"的用意，原来她"共郎长行"，也是有意要用"长行"这种博戏所用的"骰子"来提醒丈夫千万不要误了归期。这一句非常准确地表现出她对丈夫的惦念，对丈夫的那种难舍难离的强烈的爱。"入骨相思"，一语双关，其中缠绵之意，叫人不由魂销。在章法上，则是对前二句"深嘱"早归、"莫违期"的对应。诗中，女子"共郎长行"时"深嘱"于前，客子"违期"未归时又"入骨相思"于后，最后以"知不知"设问寄意的口吻轻轻将全诗兜住，然后再表现出这位多情的闺中人亟盼游子早归的焦虑心情。"知不知"三字，把女子离别之久、会合之难、相思之深之苦，乃至欲说无人都淋漓尽致地表现了出来，可谓收得自然，余味不尽。而读者所感受到的正是女主人公内心深处诚挚而火热的爱情。

这首诗大量使用谐音、双关修辞法，更使诗作独标一格，别有情致。人们表达爱的情感，力避直率明白，本尚朦胧含蓄（非晦涩费解），而双关隐语的运用，却能使人透过字面的意思，通过那些音同或音近的"别字"，去细细品味那双关语中底层的无尽的意蕴。这些谐音词的寓意颇深，不可囫囵读之。它蕴含着诗人人为的特定含义和感情色彩，能使语言在表达上更含蓄、婉转和饶有风趣。用于表达爱情，则言浅意深，更富有感染力。

放言五首（其二）

【唐】白居易

世途倚伏都无定①，尘网牵缠卒②未休。
祸福回还车转毂③，荣枯反覆手藏钩。
龟灵未免刳肠患④，马失应无折足忧。
不信请看弈棋者，输赢须待局终头。

【注 释】

① "世途"句：祸是福的依托之所，福又是祸隐藏之地，祸、福在一定条件下是可以互相转化的。倚伏：即《老子》所说"祸兮福之所倚，福兮祸之所伏"，简言"倚伏"。
② 卒：始终。
③ 车转毂（gǔ）：像车轮转动一样。毂：本指车轮中心部分，此指车轮。
④ 剖肠患：言龟虽通灵性，也难免自己要被人杀掉的祸患。

译 文

世上的事依托隐藏不定，尘世的事拉开缠绕没有停止过。

祸福轮回像车轮一样，荣光枯萎翻来覆去像手持钩。

龟灵占卜要将龟开膛破肚，马丢失不回来了，就不会有儿子折足的忧虑。

如不信时请看下棋的人，输赢还得等到局终才分晓。

赏析

公元810年（元和五年），白居易的好友元稹因得罪了权贵，被贬为江陵士曹参军。元稹在江陵期间，写了五首《放言》诗来表示他的心情："死是老闲生也得，拟将何事奈吾何。""两回左降须知命，数度登朝何处荣。"过了五年，白居易被贬为江州司马。这时元稹已转任通州司马，闻讯后写下了充满深情的诗篇《闻乐天授江州司马》。白居易在贬官途中，风吹浪激，感慨万千，也写下五首《放言》诗来奉和。此诗为第二首，诗主要讲祸福得失的转化。

这首诗包含了矛盾转化的朴素辩证观点。应该指出的是，矛盾的互相转化是有一定条件的，没有一定条件，是不可能发生或实现转化的。诗中所讲的《塞翁失马》的故事就是这样。塞翁的

马失而复还，而且还带回一匹好马，这是福；但是后来，其子骑马又摔坏了腿，福于是变成了祸。这个儿子去骑马，或是由于事先没有做好安全措施，或是由于他的骑术不高明，摔下马来，这就是其福转化为祸的条件。而"马失应无折足忧"的说法，只讲转化，忽略了转化的条件，带有一定的片面性，是不足取的。当然，这是诗句，不可能讲得那样细致，后人是不能苛求于古人的。

观　棋

【唐】杜荀鹤

对面不相见①，用心同用兵②。

算人常欲杀，顾己自贪生③。

得势侵吞远，乘危打劫赢④。

有时逢敌手，当局到深更。

【注　释】

① "对面" 句：下棋的人神情专注于棋枰，虽相对而坐，却好似未见。
② "用心" 句：下棋运筹谋划，犹如指挥军队作战。
③ "顾己" 句：唯恐自己棋死，也是贪生。
④ "得势" 两句：棋势占优，尽行侵削，乘对方之危，开劫取利。

作者名片

杜荀鹤（846年—904年），唐代诗人。字彦之，号九华山人。池州石埭（今安徽石台）人。大顺进士，以诗名，自成一家，尤长于宫词。天祐初卒。自序其文为《唐风集》十卷，今编诗三卷。事迹见孙光宪《北梦琐言》、何光远《鉴诫录》、《旧五代史·梁书》本传、《唐诗纪事》及《唐才子传》。

译 文

下围棋的两人虽然面对面坐着但好像没有见面一样，双方用心下棋就好像在战场上指挥军队一样。下棋时要算计怎么把对方杀掉，希望能保住自己的性命。获得优势时就趁机侵吞对方更多地盘，趁对方有危难时使用"打劫"可以获得胜利。有时候对弈双方棋逢对手，可能要对局到深夜。

〔赏析〕

这首诗艺术特色不多，但全用兵家语喻棋，字句尖利夸张，较唐太宗诸人诗，更觉戎机凶险，杀气逼人，不禁股栗胆寒。

宫 词

【五代十国】花蕊夫人

日高房里学围棋，等候官家①未出时。
为赌金钱争路数，专忧女伴怪来迟。

【注 释】

①官家：对皇帝的称呼。

作者名片

花蕊夫人（约883年—926年），前蜀王建之妃，称小徐妃，号花蕊夫人，五代十国女诗人，青城（今都江堰市东南）人。幼能文，尤长于宫词。世传花蕊夫人《宫词》一百多首，可确定为她所作的约九十余首，内容皆系描写宫廷生活。

译 文

日头已高，皇帝还没有起来，小宫女在等待皇上时向老宫人学习下围棋。虽然棋艺不精，但也下了赌注，为了赢得赌注，将所学的棋艺全都用了出来。她沉迷在棋中，只害怕同伴责怪她来得晚。

赏析

这是描写宫女围棋的一首小诗，从中可看到五代前蜀宫中围棋活动的一点情况。日头已高，官家还未起来，这是常有的事。于是小宫女乐得偷闲，不去等待侍候，却在房里向老宫人学围棋。既然是"学"，当然谈不上艺高，可她偏偏要像别人那样下注作赌。技逊一筹，无可奈何，自然要"争路数"。只此三字，便将宫女急切、窘迫之态，十分生动地表现出来。迷于棋中，不怕官家诏侍，专恐同伴责怪来迟，正见出心有所系的偷闲之意。

全诗纯用白描手法，将一学弈宫女的活泼顽皮和争胜斗强的天真神态，淋漓尽致地表现出来。较之宫词大多渲染侈靡的宫廷生活，这首诗就尤觉清新可爱了。

柳枝五首

【唐】李商隐

其一

花房与蜜脾，蜂雄蛱蝶雌。

同时不同类，那复更相思。

其二

本是丁香树，春条结始生。

玉作弹棋局，中心亦不平。

其三

嘉瓜引蔓长，碧玉冰寒浆。

东陵虽五色，不忍值牙香。

其四

柳枝井上蟠，莲叶浦中干。

锦鳞与绣羽，水陆有伤残。

其五

画屏绣步障，物物自成双。

如何湖上望，只是见鸳鸯。

译 文

其一：护卫着鲜花的荫棚花房和蜜蜂酿蜜的蜂房子，蜜蜂中的雄类和蝴蝶中的雌性，虽然同时存在对偶但不是同一物类，哪还能再相互思念呢？（注：本首说明李商隐与柳枝处于不同社会阶层，难以做情人。）

其二：本来就是丁香树，春天来了，树的枝条相互交叉，结出了丁字结才开始生籽。用宝玉做成的弹棋的棋局，中心高于四周，心中真的难以平静。

其三：好瓜拉出的藤蔓很长，绿玉如冰和冷酒水浆。邵平虽是隐士，种了五色地雷瓜，不忍心就让它仅值牙口的一次香甜。

其四：柳树枝在水井边盘踞，荷叶在水边干了。彩色小鱼和锦绣飞鸟，分别是水中生的和陆地长的，二者不同类，有相互的伤残。

其五：彩画屏风和锦绣的步障幕布，物物都成对成双。为什么向湖水上一望，其他什么动物没有，只有成对鸳鸯呢？

作者名片

李商隐（约813年—约858年），字义山，号玉溪（豀）生、樊南生，唐代著名诗人，祖籍河内（今河南省焦作市）沁阳，出生于郑州荥阳。他擅长诗歌写作，骈文文学价值也很高，是晚唐最出色的诗人之一，和杜牧合称"小李杜"，与温庭筠合称为"温李"。因诗文与同时期的段成式、温庭筠风格相近，且三人都在家族里排行第十六，故并称为"三十六体"。其诗构思新奇，风格秾丽，尤其一些爱情诗和无题诗写得缠绵悱恻，优美动人，广为传诵。但部分诗歌过于隐晦迷离，难于索解，以至有"诗家总爱西昆好，独恨无人作郑笺"之说。作品收录为《李义山诗集》。

赏析

这五首以柳枝命名的诗，绝对是义山的有感而发。

虽为五首，却是一个完整微妙的情感过程。五首连缀而下，一气呵成，是一份偿还，也是一份宣泄。

第一首诗，义山要表达的就是这样一种复杂微妙的心情。邂逅柳枝，应是人生中一段极其纯美的插曲，是走在茫茫人

海，于千人万人中蓦然相遇，倏然惊艳的一次回眸，即便怦然心动，也被这尘世的洪流裹挟着，转眼间错失彼此，各自奔向不可预知的前路。既如此，那复更相思？原不过是一次偶然的相遇，说相思，似乎太重，也太刻意。

从第二首开始，义山未曾纾解的伤怀便化作了不平，为柳枝，也为自己。她是一株青葱的丁香树，弥望的春天里，她开始抽枝长叶，含苞引蕊。她是春天里最馥郁的那一株，最醇美的那一个。可这样冰清玉洁的胚质，却像中间突起的玉制棋盘一样，供达官贵人博戏赏玩，这让人心中如何平静？

义山毫不吝啬对柳枝的赞美，在第三首里，又将她比作碧玉嘉瓜，隐含破瓜之年的意思。《古乐府》曾有"碧玉破瓜时"之句；与义山、温庭筠合称"三十六体"的段成式也有"犹怜最小分瓜日"这样的描述，柳枝虽已是过了十六岁的二八年华，却不妨碍她的青春依然盛开得那样动人心弦。这样美好的柳枝，这样美好的青春，却不属于自己。只因自己未曾珍惜。妒意肯定是有的，却也只能放在心里伤自己的心。一介文士，功名蹭蹬，尚不知明天何往，偶然心会佳人，又能许她一个怎样的未来？可是就算自己不能，柳枝也未必就有幸福可言。从堂兄的描述中，义山隐隐猜测柳枝并不快乐。关东诸侯，身为一方藩镇，自是妻妾成群，家小围绕。柳枝过门，左不过几日新鲜，热络过后丢弃一旁也极有可能。况且柳枝又是那样敢作敢为的个性，随便被哪一个争风吃醋的妻妾揪个小辫儿，在那样深宅大户的势族门第，似乎只有隐忍吞声才能勉强度日。念及此，悲凉便袭上心头。

在第四首里，义山哀叹起各自命运。一个枯萎如井上柳条，一个干涩如池中莲叶，两人际遇，是鱼和鸟的相会，殊途永隔。伤感就这样击中了他。他转头四望，客栈里画屏绣幕上，一色的蝴蝶翩跹、游鱼嬉戏，它们都是成双成对，恩爱缠绵。客栈外，群山隐隐，湖水涟涟；湖面上，两只鸳鸯依偎着剪水前行，使栏外风景都充满了温馨爱意。此刻，义山是如此

情思孤单，这情却是寄也无从寄。积在心头，略略想起，便无端惊起无限伤感。

他多想时光回流，回到那一天，在巷口，窗扇下。她梳着双鬟，垂手而立，盈盈笑着，含羞看他。然后，她微启朱唇，声若呢喃："后三日，邻当去溅裙水上，以博山香待，与郎俱过。"那时，阳光落了她满脸，浮光里的她，是那样美好生动。然后，他目不转睛地盯着她，怎么也看不够……再然后呢？再然后，他一定要牵牢她的手，不去管什么长安，从此只和她烟水横渡，从此千山外水长流，荆钗布裙，烟火岁月，做一世平凡夫妻。可是梦醒后，已无路重回头。

五言咏棋（其一）

【唐】李世民

手谈①标昔美②，坐隐①逸③前良②。

参差分两势，玄素④引双行。

舍生非假命，带死不关伤⑤。

方知仙岭侧，烂斧几寒芳⑥。

【注　释】

①手谈、坐隐：均指围棋。
②昔美、前良：均指前代的围棋高手和棋艺。
③逸：超逸。
④玄素：指黑白棋子。玄为黑，素为白。
⑤"舍生"句：谓弈棋虽如斗兵，但舍生不用付出生命，赴死不会遭受伤害。假：给予。
⑥"方知"句：谓领会了弈棋的乐趣，才知道王质当年为什么会观棋烂柯了。

作者名片

唐太宗李世民（598或599年—649年），祖籍陇西成纪，庙号太宗，是唐高祖李渊和窦皇后的次子，唐朝第二位皇帝，名字取意"济世安民"，杰出的政治家、战略家、军事家、诗人。唐太宗开创了中国历史著名的"贞观之治"，虚心纳谏，经过主动消灭割据势力，在国内厉行俭约，使百姓休养生息，各民族融洽相处，终于使社会出现了国泰民安的局面，将中国传统农业社会推向兴盛，为后来全盛时期的开元盛世奠定了重要基础。

译文

前代的围棋高手都具有非常精湛的棋艺。棋局中黑白棋子相互纠缠在一起。棋盘上争斗虽然激烈，又不同于现实生活中的争战，舍生不用付出生命的代价，赴死也不会遭受伤害。领悟了这其中的乐趣，也就知道王质当年为什么会观棋烂柯了。

赏析

李世民以帝王之尊直接吟咏围棋，抒发他的棋情棋趣，以及对偏颇的围棋观大胆挑战，对围棋诗和围棋文化的发展产生了积极的促进作用。

"昔美""前良"皆指前代的围棋高手及棋艺，"标"即标举，"逸"即超逸。以下写列具体的棋局，在棋局中既指广义的形势，也指具体的定式、战术。玄素即黑白棋子，这两句写出了棋局中黑白棋势相互缠绕、犬牙交错的复杂局面。而棋盘上争斗虽然激烈，但有别于现实生活中的争战，舍生不用付出生命的代价，赴死也不会遭受伤害。领悟了这其中的乐趣，也就知道王质当年为什么会观棋烂柯了。

五言咏棋（其二）

【唐】李世民

治兵期制胜，裂地不要勋。
半死围中断①，全生节外分。
雁行②非假翼，阵气③本无云。
玩④此孙吴⑤意，怡神静俗氛。

【注 释】

①断：围棋术语。
②雁行：围棋术语。指现在说
　的飞，如小飞、大飞等。
③阵气：战阵中的杀气。
④玩：观赏、享乐。
⑤孙吴：指战国时著名军事家
　孙武、吴起。

译 文

　　围棋如同用兵，目的当然在于谋取胜利。但攻城略地，割据称雄，却并不需要功勋。在棋盘上展开战斗，棋在包围中被断开，情势紧急，却又忽然柳暗花明，渡过难关。而棋势的伸展，就如那雁阵，却无须凭借翅膀；列阵作战，虽然气氛紧张，但并没有黑云压城的杀气。在棋盘上打仗，既需要用兵的谋略，又别有一番情趣。

赏析

　　围棋缘起甚早，但这首五言咏棋，显得别致且新颖，寓意深远。李世民是马上得天下的一代雄主，从太原起兵到玄武门兵变，无不依靠军事实力，深知兵机。

　　以兵法言棋，围棋如同用兵，目的当然在于谋取胜利，但攻城略地、割据称雄，并不需要功勋。以下四句，以三尺之局为战斗场，棋在包围中被断开，情势紧急，却又忽然柳暗花明，得以全身而退。这里的"节外"与"围中"相

对，可理解为冲出重围的另一天地，也似可解为"劫"，在"劫"中谋生路。而棋势的伸展，就如那雁阵，却无须凭借翅膀；列阵作战，虽气氛紧张，但并无杀气如云般聚集。枰上谈兵，既关谋略，从中能体会孙子、吴起的兵家之意，又别有意趣。"怡神静俗氛"，谓围棋可以令人精神愉快，驱散世俗之气。

句

【唐】李远

人事①三杯酒，流年一局棋。
青山不厌三杯酒，长日②惟消一局棋。

【注　释】

①人事：这里说的是人情世事。
②长日：一天。这句的意思是说，因为下棋，时间很快就过去了。

作者名片

李远，字求古，一作承古，夔州云安（今重庆市云阳县）人，大和五年（831年）杜陟榜进士，官至御史中丞。李远善为文，尤工于诗。常与杜牧、许浑、李商隐、温庭筠等交游，与许浑齐名时，号"浑诗远赋"。

译　文

人情世事可以在品味美酒中悟出，人一生的光阴就像一局弈棋。找一个清幽宁静的地方喝喝酒，下一局棋一天很快就过去了。

〔赏析〕

这不是一首诗，而是《全唐诗》记载的李远留下来的两句残句。这两句诗虽然意思比较浅显易懂，但是表现出的忘忧意境令生活在嘈杂现世的人们十分向往。写的是文人雅士的两大爱好——品酒和弈棋，酒生灵感，棋如人生，颇为世人传诵。

观 棋

【南唐】李从谦

竹林二君子①，尽日竟沉吟。

相对终无语，争先各有心。

恃强斯有失②，守分固无侵③。

若算机筹④处，沧沧⑤海未深。

【注 释】

① "竹林"句：《晋书·嵇康传》载，嵇康与阮籍、山涛、向秀、刘伶、阮咸、王戎交善，"遂为竹林之游，世所谓，竹林七贤也"。这里暗用"竹林七贤"事喻弈者的高雅闲适、风流倜傥。二君子：指对弈双方。
② "恃强"句：谓倚仗棋势强大，掉以轻心，则终将有失。斯：则、乃，表转折。
③ "守分"句：谓安守本分自然没有被倾销之虞。守分：安守本分。
④ 机筹：机心计谋。
⑤ 沧沧：寒冷的样子。

作者名片

李从谦，字可大，南唐元宗李璟第九子，后主李煜同母弟。风采峭整，动有规诲。喜为律诗，宋改封郧国公。《全唐诗》收录其《观棋》诗。《全唐诗续拾》收胡宿《文恭集》中其诗二句。

译 文

有高雅闲适的棋者正在对弈，二人终日沉思。表面上相对无语，其实棋路上暗藏杀机，各自用心思调兵遣将，布阵较量。倚仗棋势强大就掉以轻心，则终将有失，安守本分自然没有被侵削的忧虑。若要说围棋的棋道深奥，沧海虽深，也比不上棋道之深。

〔赏析〕

这首《观棋》是一首五律。这首诗的由来，有一段插曲：李从嘉（李后主李煜的初名）继承南唐帝位时，李从谦还没成年，只是一个活泼好学的孩子。李后主有个习惯，每逢赐宴之后，常与侍臣君臣对弈一番，而李从谦又常常追随在李后主身旁观棋。有一次，李后主与李从谦开玩笑，要他当场以观棋为主题吟一首诗，否则以后就不让他来看棋。天真的李从谦信以为真，当即写就此诗将对弈双方的神态活灵活现地勾画出来。

安 贫

【唐】韩偓

手风①慵展②八行书③，眼暗④休寻九局图⑤。

窗里日光飞野马⑥，案头筠管长蒲卢⑦。

谋身拙为安蛇足⑧，报国危曾捋虎须⑨。

举世可能无默识，未知谁拟试齐竽⑩？

【注 释】

①风：这里指风痹，风湿病。

②展：开。

③八行书：古代信纸一般都是八行，所以称信为八行书。

④暗：形容老眼昏花，视力不明。

⑤九局图：指棋谱。

⑥野马：这里指春天时浮在沼泽上游动的气体。

⑦筠（yún）管：竹管，指毛笔管。蒲卢：细腿蜂，每每找一个小洞产卵。笔管上头有洞，所以蒲卢产卵其中，然后笔便孵化出来。

⑧安蛇足：《战国策·齐策》载有一个故事。楚国有个人在祭祀之后，赐给他的门客一卮酒。这些人就商量说：这一卮酒，大家喝是不够的。现在我们大家各自在地上画一条蛇，谁先画好，谁就喝这卮酒。有个人先画好了，他就左手拿着酒，右手还继续在画，并且说：我能给蛇画上足。他画的蛇足还没完成，另一个人就把蛇画好了，并且将他的酒夺了过去，说：蛇本来没有足，你怎么能给它画上？说着，就把酒喝了，那个画蛇足的人反而没喝到。常用来讽刺做事节外生枝，弄巧反拙。

⑨捋虎须：天复三年（903年），韩偓因荐赵崇做宰相，得罪了朱温，差点被杀，后被贬出京。摸老虎屁股，指触怒了朱温，几乎发生危险就是"画蛇添足"。比喻撩拨、触犯凶恶残暴的人。捋（lǚ）：摸（代指摸胡须）。

⑩试齐竽：这里引用来表示希望有人能像齐愍王听竽那样，将人才的贤愚臧否一一判别，合理使用。

作者名片

韩偓（842年—923年），唐代诗人，乳名冬郎，字致光，号致尧，晚年又号玉山樵人。陕西万年县（今樊川）人。自幼聪明好学，10岁时，曾即席赋诗送其姨夫李商隐，令满座皆惊，李商隐称赞其诗是："雏凤清于老凤声"。龙纪元年（889年），韩偓中进士，初在河中镇节度使幕府任职，后入朝历任左拾遗、左谏议大夫、度支副使、翰林学士。

译 文

手患风痹，懒写书信，老眼昏花看不清棋谱。

看窗口射入的一束阳光中无数"野马"飞腾，几案笔管中蒲卢出出进进。

我不善于刻意为自己打算，但危急关头，为报效国家，曾抵制过残暴而不可一世的恶人。

世界上不会没有人将人才问题默记于心，但还是会有人准备像齐愍王听竽那样认真地选拔人才以挽救国事。

〔赏析〕

"手风慵展一行书，眼暗休寻九局图"中的风，指四肢风痹。八行书，指信札。暗，形容老眼昏花，视力不佳。九局图，指棋谱。"手风"和"眼暗"，都写自己病废的身体。"慵展"和"休寻"，写自己索寞的情怀。信懒得写，意味着交游屏绝；棋不愿摸，意味着机心泯灭。寥寥十四个字，把那种贫病潦倒、无所事事的情味充分表达出来了，正点明诗题"安贫"。

"窗里日光飞野马，案头筠管长蒲卢。"就室内景物略加点染，进一步烘托"安贫"的题旨。野马，指浮游于空气中的埃尘，语出《庄子·逍遥游》。筠管，即竹管，这里指毛笔筒。蒲卢，又名蜾蠃，一种细腰蜂，产卵于小孔穴中。这两句的意思是：闲居无聊，望着室内的尘埃在窗前日光下浮动，而案头毛笔由于长久搁置不用，笔筒里竟然孵化出了细腰蜂。这一联写景不仅刻画入微，而且与前面所说的"慵展""休寻"的懒散生活正相贴合，将诗人老病颓唐的心境展示得淋漓尽致。

"谋身拙为安蛇足，报国危曾捋虎须。"句中的"安蛇足"，即寓言"画蛇添足"，此处用以讽刺精心谋私。"捋虎须"，典出《庄子·盗跖》，孔子游说盗跖被驱逐后说："丘所谓无病而自灸也。疾走料虎头，编虎须，几不免虎口哉！"比喻诗人忠于唐王室，敢于与权倾朝野的篡逆之臣进行抗争。如《新唐书》本传载：一次，权高震主

的强藩朱温同崔撤"临陛宣事，坐者皆去席，偓不动，曰：'侍宴无辄立，二公将以我为知礼。'全忠（朱温）怒偓薄己，悻然出。"全联以表面上的谦逊之辞，叙述了诗人舍身为国的壮烈情怀。句中前后两次用典，珠联璧合，情采熠然，在丰厚的意蕴中流动着刚直不阿的气势，突出地反映了诗人作为李唐王朝忠臣节士的形象。对此，元吴师道《吴礼部诗话》称之为"凛然有烈丈夫之气"。

"举世可能无默识，未知谁拟试齐竽？"则又折回眼前空虚寂寥的处境。试齐竽，事见《韩非子·内储说上》：齐宣王爱听吹竽，要三百人合奏，有位不会吹的南郭先生也混在乐队里装装样子，骗取一份俸禄。后愍王继立，喜欢听人单独演奏，南郭先生只好逃之夭夭。这里引用来表示希望有人能像齐愍王听竽那样，将人才的贤愚臧否一一判别，合理使用。这一联是诗人在回顾自己报国无成的经历之后，迸发出的一个质问：世界上怎会没有人将人才问题默记于心，可又有谁准备像齐愍王听竽那样认真地选拔人才以挽救国事呢？质问中似乎带有那么一点微茫的希望，而更多是无可奈何的感慨：世无识者，有志难骋，不甘于安贫自处，又将如何！满腔的愤懑终于化作一声叹息，情切而辞婉。

题作"安贫"，实质是不甘安贫，希望有所作为；但由于无可作为，又不能不归结为自甘安贫。贯穿于诗人晚年生活中的这一基本思想矛盾以及由此引起的复杂心理变化，都在这首篇幅不长的诗里得到真切而生动的反映，显示了高度的艺术概括力。诗歌风貌上，外形颓放而内蕴苍劲，律对整切而用笔挥洒，也体现了诗人后期创作格调的日趋老成。前人评为"七纵八横，头头是道，最能动人心脾"（邵祖平《韩偓诗旨表微》），殆非虚誉。

春园即事①

【唐】王维

宿雨乘轻屐②，春寒著弊袍③。

开畦分白水，间柳④发红桃。

草际成棋局，林端举桔槔⑤。

还持鹿皮几⑥，日暮隐蓬蒿。

【注 释】

①春园：春天的田园。即事：以当前事物为题材的诗。
②宿雨：夜雨；经夜的雨水。屐（jī）：木头鞋，泛指鞋。
③弊袍：即敝袍，破旧棉衣。
④间柳：杨柳丛中。
⑤桔槔（jié gāo）：亦作"桔皋"，井上汲水的工具。在井旁架上设一杠杆，一端系汲器，
　一端悬、绑石块等重物，用不大的力量即可将灌满水的汲器提起。《庄子·天运》：
　"且子独不见夫桔槔者乎，引之则俯，舍之则仰。"
⑥鹿皮几：古人设于座旁之小桌。倦时可以凭倚。鹿皮做成，隐士所用。

作者名片

　　王维（701年—761年，一说699年—761年），字摩诘，号摩诘居士。河东蒲州（今山西运城）人，祖籍山西祁县，唐朝诗人，有"诗佛"之称。苏轼评价其："味摩诘之诗，诗中有画；观摩诘之画，画中有诗。"开元九年（721年）中进士，任太乐丞。王维是盛唐诗人的代表，今存诗400余首，重要诗作有《相思》《山居秋暝》等。王维精通佛学，受禅宗影响很大。佛教有一部《维摩诘经》，是王维名和字的由来。王维诗书画方面都很有名，多才多艺，也很精通音乐。与孟浩然合称为"王孟"。

译 文

昨夜雨湿蹬上轻便木屐，春寒料峭穿起破旧棉袍。
挖开畦埂清水分灌田垄，绿柳丛中盛开几树红桃。
草地中间画出棋枰对弈，树林一头升降汲水桔槔。
还拿来那鹿皮面的小几，黄昏后凭倚它隐身蓬蒿。

〔赏析〕

这首诗写春中田园景色，意境清丽淡远，然而又色彩鲜明，写景如画。诗歌流动着自然的美景和诗人安闲恬适的情怀，清新优美。田畦既分，白水流入畦垅之间，从远处望去，清水在阳光的映照下闪着白光；在翠绿的柳树丛中夹杂着几树火红怒放的桃花。红桃绿柳，桔槔起落，畦开水流，一片春意盎然的景象。在这良辰美景之中，摆棋对局，凭几蓬蒿，其乐也融融。如画般的景象，似梦般的意境，一切都是那么清幽绮丽，赏心悦目。

此诗颔联"开畦分白水，间柳发红桃"写出了诗人眼中春雨微寒、桃红柳绿的春景。这里注意了冷色与暖色的对比映衬，并注意到亮度转换的巧妙处理。每句的意象虽单用一种色调，两句之间又有鲜明的反差，但是这样不同颜色的两组意象的并置投射在人的视觉"荧屏"上所呈现的是"一种互相作用的复合效果"，使意象色彩空间的构型更具张力。颈联"草际成棋局，林端举桔槔"写出诗人眼里的农人忙碌着在田间劳作（汲水往田里灌溉）的景象。这是人们的劳动生活场面，是真正的田园生活图景。后人对颈联两句评价甚高。这两联描绘了一幅梦幻般的田园风光图，生动形象地体现了王维诗歌"诗中有画"的艺术特色。

在这首诗中，作者以具体形象的语言，描写出隐者的生活，写出了特定环境中的特有景象。但这种渲染之笔，很像一篇高士传，所写的还是理想中的人物。

酹江月①·淮城感兴

【宋】张绍文

举杯呼月，问神京②何在？淮山隐隐。抚剑频看勋业事，惟有孤忠挺挺。宫阙腥膻，衣冠沦没，天地凭谁整？一枰棋坏，救时著数宜紧。

虽是幕府文书③，玉关烽火④，暂送平安信。满地干戈犹未戢，毕竟中原谁⑤定？便欲凌空，飘然直上，拂拭山河影。倚风长啸，夜深霜露凄冷。

【注　释】

①酹江月：词牌名，即"念奴娇"。
②神京：指北宋故都汴京。
③幕府文书：指前方军事长官所发出的公文。
④玉关烽火：代指前线军中的消息。
⑤谁：指包括自己在内的千千万万爱国志士。

作者名片

张绍文（生卒年不详），字庶成，润州（今江苏镇江）人。张榘之子。《江湖后集》卷一四载其词四首。

译　文

举起酒杯高声问月，汴京而今安在？抬眼处是隐隐约约的淮山。想到建功立业卫国事，手抚宝剑频频看，只剩下忠心赤胆。

宫殿里充满了胡虏的腥膻之气，达官贵人都已沉沦无踪，大好河山，谁来重整？一盘棋已走坏了，赶紧想出挽救败局的招数吧，可不能慢！

虽然战斗暂时停歇，前方送来平安的讯息，但到处都是兵器还没有收起，还不知中原最终由谁去平定。我想凌空飞起，飘然而上，拂拭着壮美河山的倩影。却只能独自风中倚栏，夜已深，霜露如此凄冷！

[赏析]

此诗音节高亢、满怀激情，适宜抒写豪迈悲壮和惆怅的感情。围绕重整河山的政治抱负，开篇三个问句，落笔不凡。作者举杯高声问高悬的明月："神京何在？"问月的举动本身已充分表现了作者无人倾诉的压抑的心情。徽、钦被俘，死在异域之后，多年来和战纷纭，至今仍是故土久违。在高问"神京何在？"这种高亢激昂的句子之后，接上"淮山隐隐"，凄凉迷惘之情，深寓于凄迷之景。"抚剑频看勋业事，惟有孤忠挺挺"中，用"频看"与"惟有"突出问题的严重性及作者的急迫心情。词的第一小段就表现出了语气急促和词意的起伏跌宕，自汴京失守后，中原故土衣冠文物荡然无存，面对占领者肆意抢夺与残暴行径，作者悲愤填膺，发出大义凛然的一声高问："天地凭谁整？"此句一出，词的意境升高。作者清醒地认识到时局败坏，危机四伏，大有一发而不可收之势。所以，他大声疾呼："一枰棋坏，救时著数宜紧。"将岌岌可危的时局比作形势不妙的棋局。人们知道，棋局不好，必须出"手筋"，出"胜负手"，丝毫不容懈怠。这一比喻极为鲜明逼真生动，是对当朝者苟且偷安、醉生梦死的当头斥责。

词的上片用"问神京何在？""天地凭谁整？"将政治形势与面临的任务摆出，并以救棋局为例生动地说明应采取补救措施。下片则针对现状中存在的问题，发出第三问："毕竟中原谁定？"同时表明自己的态度与痛苦、愁闷之情。现在虽都"暂送平安信"，前方暂告平安无事，但战乱未停，战事未休，蒙古人正在窥伺江南，这种平静安宁只是一种假象，是火山爆发前的安宁。然而，当朝权贵不理睬收复失地的主张，不招用抗战人才，却在压抑民气，因此，作者在"满地干戈犹未戢"之后发出"毕竟中原谁定？"之问，其声颇带悲凉气氛，表现了一个爱国者为国家生死存亡的忧愁，同时也暗含自己不可推卸的责任感。表面上，"毕竟中原谁定？"一句与上片的"天地凭谁整？"文义略同，但这不是简单的重复，而是在"天地凭谁整？"基础上的词意递进，同时加深思想感情。"便欲凌空，飘然直上，拂拭山河影"中，这里作者借拂拭月亮表现澄清中原和重整河山的强烈愿望。"倚风长啸，夜深霜露凄冷"为最后两句，改换角度，表现作者愤激满胸的情怀。尽管作者幻想"飘然直上"，去扫除黑暗，但无法摆脱污浊可憎的现实的约束。由于理想与现实的矛盾不可调和，不禁使人抑郁难耐，迸发的感情受到压抑，于是"倚风长啸"，倾吐悲愤怨气。"夜深霜露凄紧"则透露出严酷的时代氛围。结尾仍是扣人心弦、发人深省的。

这首词以词格来写政事，以设问句提出问题，以比喻句阐明问题，文字朴素，不崇雕琢，但却简洁明快，气韵豪迈飘逸。词的写作，作者不采用大起大落的笔势，而是以回旋往复的曲调来表现抑扬相错的情感，节奏舒缓，却意味隽永。

孤山寺端上人房写望①

【宋】林逋

底处凭阑思眇然②，孤山塔后阁西偏③。
阴沉画轴林间寺④，零落棋枰葑上田⑤。
秋景有时飞独鸟，夕阳无事起寒烟。
迟留更爱吾庐⑥近，只待重来看雪天。

【注 释】

①孤山：指浙江杭州西湖的孤山，时诗人隐居在此。端上人：名端的和尚。上人：佛教称具备德智善行的人，用作和尚的尊称。写望：写望见之景。

②底处：何处。阑：同"栏"，栏杆。眇（miǎo）：通"渺"，远貌，此处指思绪悠长。

③偏：侧。

④"阴沉"句：意谓色泽黯淡的林间寺庙像一幅画。阴沉：色泽黯淡。

⑤"零落"句：意谓零星漂在水面上的一块块架田就像棋盘上的方格子。枰：棋盘。此处以棋盘方格喻架田。葑（fèng）上田：又称架田，在沼泽中以木作架，铺上泥土及水生植物而浮于水上的农田。葑，菰根，即茭白根。

⑥庐：房舍。

作者名片

林逋（967年—1028年），字君复，浙江大里黄贤村人（一说杭州钱塘人）。幼时刻苦好学，通晓经史百家。书载性孤高自好，喜恬淡，勿趋荣利。长大后，曾漫游江淮间，后隐居杭州西湖，结庐孤山。常驾小舟遍游西湖诸寺庙，与高僧诗友相往还。每逢客至，叫门童子纵鹤放飞，林逋见鹤必棹舟归来。作诗随就随弃，从不留存。天圣六年（1028年）卒。其侄林彰（朝散大夫）、林彬（盈州令）同至杭州，治丧尽礼。宋仁宗赐谥"和靖先生"。

译 文

黄昏时分，凭栏何处，思绪才如此缥缈无际？就在那孤山塔后小阁西边幽僻的僧房。

纵目远眺，映入眼帘的森森树林，阴阴寺院，黯淡得像一帧褪了色的古画；而葑田块块，在水面上零星飘荡，又仿佛是棋盘上割下来的方格子。

秋色苍然，万物萧索，唯有归鸟偶尔掠过；夕阳西沉，安谧、朦胧，但见寒烟缕缕升起。

更爱它与我的庐舍邻近。等那雪花纷飞之时，我要重来观赏那银装素裹的景致。

〔赏析〕

　　林逋隐居杭州时，在西湖孤山结庐。孤山有孤山寺，这是他常常喜欢登览的胜地。本诗写一个秋日的傍晚，诗人在孤山寺端上人房内饱览山上风景。诗以素淡的笔触，描绘出幽邃的景色，造成一种幽寂的意境。而这种境界，正是林逋这位幽人（隐士）所眷恋的。

　　首联破题领起：诗人凭栏远望的地点在孤山寺端上人房；至于房的方位，孤山塔后有一座阁，房间就在此座寺阁的西边。诗人凭栏纵目时，思绪飞得很远。他并没有明说幽思因何而起，而是将笔荡开，于颔、颈二联画了四幅风景画。

　　画面在"望"中一幅幅依次展开。先是一幅"方外寺"：阴森森的树林里，隐隐约约地闪现出几所寺院。诗人身处佛地，所以第一眼看到的便是佛寺。暮色苍茫，远远望去，这个景色黯淡得就像一帧褪了颜色的古画。寺在"画轴"之中，想象奇妙。眼中是画，诗笔下也是画。画境寂静幽深，正见方外本色。再是一幅"葑上田"。诗人转移了一下视角，但见水面上零零星星地飘荡着一块块的葑田，犹如那棋盘上割下来的方格子。枰，棋盘。以棋盘方格譬葑田，比喻贴切。其时夕阳西下，夜幕降临，农夫们都已荷锄归家了，因此画面上空无一人，分外宁静。

　　接下是一幅"空中鸟"：诗人举头瞻望天宇，只见寥廓秋空之中，偶尔飞过一只伶仃的小鸟。诗人赶紧将这"独鸟"捕捉进画中，又涂上几抹秋云作为背景。

　　最后展开的是一幅"墟里烟"：夕照之中，什么都没有，唯有袅袅寒烟（秋已深，炊烟在秋空之中，也带有深秋的寒色了）萦绕半空，这表明附近村落的人家已在点火做晚饭了。这幅诗人略略低首绘下的画，意境空寂，色彩也淡得

不能再淡了。

　　寺、田、鸟、烟四轴风景图，展现的正是高僧端上人日日置身其间的那个幽深清寂的环境。此种环境，与这位幽人断绝尘想、潇洒物外的恬静心境、闲逸情致正相吻合。因此，他从中领略到了莫大的兴味，渺然幽思便由此而起，令他久久留连，迟迟不愿归去。

　　末联便直抒这种倾慕心情，诗人道：我迟迟逗留着，不舍得归去。今日之游，我愈加喜爱这块胜地了，因为它与我的庐舍相近。近，我得以迟归，又得以常来。现在，快要掌灯吃晚饭了，我也该同去了。不过，等那雪花纷扬时，我要重来此地观赏那银装素裹的世界。

　　这首七律以工于写景驰名，不仅"诗中有画"，而且手法高妙。颈联在词序的排列上做了精密的调动，画面就在宁谧中浮动着一股生动的灵气。而颔联则因其奇妙的想象与贴切的比喻，更受后世诗人们的激赏，仿效之句也最多。

约　客①

【宋】赵师秀

黄梅时节②家家雨③，青草池塘处处蛙。
有约④不来过夜半，闲敲棋子落灯花⑤。

【注　释】

①约客：邀请客人来相会。
②黄梅时节：五月，江南梅子熟了，大都是阴雨绵绵的时候，称为"梅雨季节"，所以称江南雨季为"黄梅时节"。意思就是夏初江南梅子黄熟的时节。
③家家雨：家家户户都赶上下雨，形容处处都在下雨。

④有约：即为邀约友人。
⑤落灯花：旧时以油灯照明，灯芯烧残，落下来时好像一朵闪亮的小花。落：使……掉落。灯花：灯芯燃尽结成的花状物。

作者名片

赵师秀（1170年—1219年），字紫芝，号灵秀，亦称灵芝，又号天乐，永嘉（今浙江温州）人，南宋诗人，人称"鬼才"。赵师秀是"永嘉四灵"中较出色的诗人，在四灵中地位、声望最高，被推为"四灵之冠"。

译　文

梅雨时节，家家户户都被烟雨笼罩着，长满青草的池塘边上传来阵阵蛙声。

已经过了午夜，约好的客人还没有来，我无聊地轻轻敲着棋子，看着灯花一朵一朵落下。

赏析

作品开篇首先点明了时令，"黄梅时节"，也就是梅子黄熟的江南雨季。接着用"家家雨"三个字写出了"黄梅时节"的特别之处，描绘了一幅烟雨蒙蒙的江南诗画，每一家每一户都笼罩在蒙蒙的细雨之中。

"青草池塘处处蛙。"在这句中，诗人以笼罩在蒙蒙烟雨中的青草池塘、震耳欲聋的蛙鸣，反衬出了一种江南夏夜特有的寂静的美。蛙声愈是此起彼伏，愈是震耳欲聋，就愈突出了夏夜的寂静，这就是文学作品常用的手法，以动写静。

"有约不来过夜半"，这一句才点明了诗题，也使得上面两句景物、声响的描绘有了着落。用"有约"点出了诗人曾"约客"来访，"过夜半"说明了等待时间之久，主人耐心地而又有几分焦急地等着。本来期待的是约客的叩门声，但听到的却只是一阵阵的雨声和蛙声，比照之下更显示出作者焦躁的心情。

"闲敲棋子落灯花"是全诗的诗眼，使诗歌陡然生辉。诗人约客久候不到，灯芯渐渐快燃尽，诗人百无聊赖之际，下意识地将棋子在棋盘上轻轻敲打，而笃笃的敲棋声又将灯花都震落了。诗人独自静静地敲着棋子，看着满桌的灯花，友人久等不至，虽然使他不耐烦，但诗人的心绪却于这一刹那脱离了等待，陶醉于窗外之景并融入其中，寻到了独得之乐。全诗通过对撩人思绪的环境及"闲敲棋子"这一细节动作的渲染，既写了诗人雨夜候客来访的情景，也写出约客未至的一种怅惘的心情，可谓形神兼备。全诗虽然生活气息较浓，但摆脱了雕琢之习，清丽可诵。

梦中作

【宋】欧阳修

夜凉吹笛千山①月，路暗迷人百种花。
棋罢不知人换世②，酒阑③无奈客思家。

【注　释】

①千山：极言山多。唐柳宗元《江雪》诗："千山鸟飞绝，万径人踪灭。"
②"棋罢"句：暗用王质的故事。南朝梁任昉在《述异记》中说：晋时王质入山采樵，见两童子对弈，就置斧旁观。童子给王质一个像枣核似的东西，他含在嘴里，就不觉得饥饿。等一盘棋结束，童子催他回去，王质一看，自己的斧柄已经朽烂。回家后，亲故都已去世，早已换了人间。
③酒阑：谓酒筵将尽。

作者名片

欧阳修（1007年—1072年），字永叔，号醉翁，晚号"六一居士"。汉族，吉州永丰（今江西省永丰县）人，因吉州原属庐陵郡，以"庐陵欧阳修"自居。谥号文忠，世称欧阳文忠公。北宋政治家、文学家、史学家，与韩愈、柳宗元、王安石、苏洵、苏轼、苏辙、曾巩合称"唐宋八大家"。后人又将其与韩愈、柳宗元和苏轼合称"千古文章四大家"。

译 文

夜凉如水，月笼千山，凄清的笛声飘散到远方；路上一片昏暗，千百种花儿散落满地，把人的视线都弄迷糊了。

下了一局棋，竟发现世上已经换了人间，也不知过去多少年了；借酒浇愁酒已尽，更无法排遣浓浓的思乡情。

赏析

此诗写梦，梦境恍惚朦胧，扑朔迷离，充满神秘感，主题不易捉摸，诗人在这里表达的是一种曲折而复杂的情怀，似是暗喻诗人既想超凡出世又十分留恋人间的矛盾思想。全诗一句一截，各自独立，描绘了秋夜、春宵、棋罢、酒阑四种不同的意境，如同四幅单轴画，但又浑然天成；同时对仗工巧，前后两联字字相对，天衣无缝。

首句写静夜景色。从"凉""月"等字眼中可知时间大约是在秋天。一轮明月把远近山头照得如同白昼，作者在夜凉如水、万籁俱寂中吹笛，周围的环境显得格外恬静。"千山月"三字，意境空阔，给人一种玲珑剔透之感。

次句刻画的却是另一种境界。"路暗"，说明时间也是在夜晚，下面又说"百种花"，则此时的节令换成了百花争妍的春天。这里又是路暗，又是花繁，把春夜的景色写得如此扑朔迷离，正合梦中作诗的情景。此二句意境朦胧，语言隽永，对下二句起了烘托作用。

第三句借一个传说故事喻世事变迁。梁代任昉在《述异记》中说：晋时王质入山采樵，见两童子对弈，就置斧旁观。童子给王质一个像枣核似的东西，他含在嘴里，就不觉得饥饿。等一盘棋结束，童子催他回去，王质一看，自己的斧柄已经朽烂。回家后，亲故都已去世，早已换了人间。这句反映了作者超脱人世之想。

末句写酒兴意阑，思家之念油然而生，表明诗人虽想超脱，但不能忘情于人世，与苏轼《水调歌头》所说的"我欲乘风归去，又恐琼楼玉宇，高处不胜寒"意境相似。

南歌子·疏雨池塘见

【宋】贺铸

疏雨池塘见，微风襟袖知。①阴阴夏木啭黄鹂②，何处飞来白鹭立移时③。

易醉扶头酒④，难逢敌手棋。日长偏与睡相宜⑤，睡起芭蕉叶上自题诗⑥。

【注 释】

① "疏雨"二句：杜牧《秋思》诗——"微雨池塘见，好风襟袖知。"
② "阴阴"句：王维《积雨辋川庄作》诗——"漠漠水田飞白鹭，阴阴夏木啭黄鹂。"
③ "何处"句：苏轼《江城子·湖上与张先同赋》词——"何处飞来双白鹭？如有意，慕娉婷。"
④ 扶头酒：一种使人易醉的烈酒。谓饮此酒后，头亦需扶。姚合《答友人招游》诗："赌棋招敌手，沽酒自扶头。"
⑤ "日长"句：苏轼《和子由送将官梁左藏仲通》诗——"日长惟有睡相宜。"
⑥ "睡起"句：韦应物《闲居寄诸弟》诗——"尽日高斋无一事，芭蕉叶上独题诗。"

作者名片

　　贺铸（1052年—1125年），字方回，自称远祖，本居山阴，是唐代贺知章后裔，以知章居庆湖（即镜湖），故自号庆湖遗老，卫州（今河南省汲县）人。早年曾任武职，后转为文职，但地位都不很高，晚年退居苏州（今江苏苏州）。其词善于炼字，意境突出，笔调富于变化，常化用古乐府及唐人诗句，有一定的社会意义。有《东山词》传世。

译 文

　　稀疏的雨点落在池塘里，水面上泛起了涟漪。轻风拂来，吹动了衣袖。夏天的树长满了浓密的叶子，树荫中响起黄鹂婉转的啼叫声。一只白鹭不知道从什么地方飞来，独立池塘，已经很久很久。

　　喝扶头酒很容易让人醉，可下棋时却难逢对手。这长长的白日，用来睡觉是最合适的了。我睡醒后，一个人在芭蕉叶子上百无聊赖地写着诗。

赏析

　　这是一首夏日即景之作。

　　开篇以常见的写景起手。"疏雨池塘见，微风襟袖知。"中，"见"，觉的意思，可与第二句的"知"字互证。疏雨飘洒，微风轻拂，一派清爽宁静。这景致并无多少新奇，到是"见""知"二字颇见功力。作者不仅以抒情主人公的视角观物，而且让大自然中的池塘观物，池塘感到了疏雨的轻柔缠绵，于是池塘也有了生命力。便是主人公观物，这里用笔也曲回婉转，不言人觉，而言袖知，普普通通的景物这样一写也显得生动形象，神采飞扬了。

下片进入对日常生活的描写。贺铸的"易醉扶头酒，难逢敌手棋。"化用唐代姚合《答友人招游》诗意，写自己饮酒下棋的生活。喝酒易醉；下棋，对手难逢，这字里行间蕴含着的仍然是一种百无聊赖的心绪，于是便有结句。

全词笔调疏快，风光如画，闲适之情见于笔端纸上，又有清幽静谧之感。

贺新郎①·梦冷黄金屋

【宋】 蒋捷

梦冷黄金屋②。叹秦筝③、斜鸿阵里④，素弦⑤尘扑。化作娇莺飞归去，犹认纱窗旧绿。正过雨、荆桃⑥如菽⑦。此恨难平君知否，似琼台、涌起弹棋局⑧。消瘦影，嫌明烛。

鸳楼⑨碎泻东西玉⑩。问芳踪、何时再展，翠钗⑪难卜。待把宫眉横云⑫样，描上生绡⑬画幅。怕不是、新来妆束。彩扇红牙⑭今都在，恨无人、解听开元曲⑮。空掩袖，倚寒竹⑯。

【注　释】

①贺新郎：词牌名。双调，一百六十字，前后段各十句，六仄韵。另有一百十五字、一百十七字诸体。

②黄金屋：形容极其富贵奢华的生活环境。

③秦筝：古秦地（今陕西一带）的一种弦乐器，似瑟，传为秦蒙恬所造，故名。

④斜鸿阵里：筝柱斜列如雁阵。

⑤素弦：素琴的弦。

⑥荆桃：樱桃。

⑦菽（shū）：豆的总称。

⑧弹棋局：弹棋，古博戏，此喻世事变幻如棋局。

⑨鸳楼：即鸳鸯楼，为楼殿名。

⑩东西玉：据《词统》——"山谷诗：'佳人斗南北，美酒玉东西。'注：酒器也。"玉东西，亦指酒。

⑪翠钗：翡翠钗。

⑫横云：唐代妇女眉型之一。

⑬生绡：未漂煮过的丝织品。古时多用以作画，因亦指画卷。

⑭红牙：牙板，古乐器。

⑮开元曲：盛唐时歌曲。

⑯倚寒竹：杜甫诗——"天寒翠袖薄，日暮倚修竹。"

作者名片

　　蒋捷（1245年—1305年），字胜欲，号竹山，南宋词人，宋末元初阳美（今江苏宜兴）人。先世为宜兴大族，南宋咸淳十年（1274年）进士。南宋覆灭，深怀亡国之痛，隐居不仕，人称"竹山先生""樱桃进士"，其气节为时人所重。长于词，与周密、王沂孙、张炎并称"宋末四大家"。其词多抒发故国之思、山河之恸，风格多样，以悲凉清俊、萧寥疏爽为主。尤以造语奇巧之作，在宋季词坛上独标一格。有《竹山词》一卷，收入毛晋《宋六十名家词》《疆村丛书》，又《竹山词》二卷，收入涉园景宋元明词续刊本。

译　文

　　梦中的黄金屋已然凄冷，可叹秦筝上斜排的弦柱似雁阵飞行，洁白的筝弦蒙上了灰尘。她化作娇莺飞回去，还能辨认出纱窗旧日的绿色青痕。窗外正吹过细雨蒙蒙，樱桃加红豆圆润晶莹。这相思愁恨难以平静，君可知情？它就像琼玉棋枰，弹棋局起伏不定。孤灯相伴映出我消瘦的身影，总嫌那烛光太明。

鸳鸯楼上碰杯饮酒，玉杯碰碎美酒倾。试问她的芳踪，何时再能相逢？实在难以嫌头簪翠钗的丽影。欲把宫眉画成纤云式样，生绡的画幅描上她的秀容，只怕不是时兴的新妆。歌舞的彩扇、牙板如今都在，只恨无人能将大宋隆盛的乐曲听懂。空虚地掩袖拭泪，独倚着寂寞寒冷的翠竹！

〔赏析〕

这是一首抒发亡国之痛的词，词用笔极为婉曲，意境幽深，极尽吞吐之妙。

"梦冷黄金屋"词中描写的对象乃是一位不凡的美人。"黄金屋"用陈阿娇事。汉武帝年少时，长公主想把女儿阿娇许给他，汉武帝说"若得阿娇作妇，当作金屋贮之"（见班固《汉武故事》）。在这里，作者借阿娇来写一位美人。词人自己朝思暮想的人，不仅是美人，还有故国。起句意谓美人梦魂牵绕的黄金屋已变得凄冷，实际上含有故宫凄凉之意。"叹秦筝、斜鸿阵里，素弦尘扑。"写室内器物，见到自己曾经抚弄过的乐器已蒙上了一层厚厚的灰尘，不禁感慨万千。故以一"叹"字领起，化实景为虚景。秦筝，弦柱斜列如飞雁成行的古筝。素弦，即丝弦。梦魂化莺飞回金屋，还认得旧时的绿色纱窗，雨过，只见荆桃果实已长得如豆大。"化作娇莺飞归去，犹认纱窗旧绿。正过雨、荆桃如菽。"令人心中升腾起怀旧惜春之感。"化作娇莺"梦魂化莺，想象不凡。笔力奇幻，独运匠心。金屋冷寂之境、秦筝尘扑之景，亦为化作娇莺所见。逆入平出，特见波澜。景物描写，虚实交错。

"此恨难平君知否，似琼台、涌起弹棋局。"琼台，此处指玉石所做的弹棋枰。弹棋局，其形状中央隆起，周围低平。

李商隐诗称为"莫近弹棋局，中心最不平"（《无题》）。词人在此以玉制之弹棋局形容心中难平之恨。"此恨难平"总结上面各种情事，积愤难抑，自然喷发。词人由写景到抒怀，"消瘦影，嫌明烛。"借写消瘦的形象，表达一种悲凉的心境。借说"瘦影"，从而通过照出的反常心理，曲折加以表露。

下片以"鸳楼碎泻东西玉"起笔。以杯碎酒泻比喻宋朝的覆亡。鸳楼，即鸳鸯楼，为楼殿名。东西玉，酒器名。这句从写和美人的分离，喻指和故国的永别。佳人已远离，眷恋情仍深，词人仍希望能重睹其旧日丰采。"问芳踪、何时再展"流露出自己重见佳人的热切愿望，但"翠钗难卜"佳人踪迹何在？又表明这一愿望的实现何其渺茫。

"待把宫眉横云样，描上生绡画幅。怕不是、新来妆束。"说自己准备把那容颜描绘在生绡画幅上，想来还是宫人旧时的装束吧。生绡，未经漂煮的丝织品，古人用以作画。眉横云样，指双眉如同纤云横于额前。旧时的装束代指故国的形象。与美人分离，希望重会而又渺茫，只好托之丹青。通过这几层描绘，把故国之思写得力透纸背。"彩扇红牙今都在。"彩扇红牙（歌舞时用具），旧时之物俱在，已物是人非，自己聆听盛世之音，百感交集，却知音难觅。此时怀恋故国之人已越来越少，只好独自伤怀。作者的这种感叹是对民族意识已经淡薄的现状而发的。然以"恨无人、解听开元曲"的词语表达，曲笔抒怀也。开元曲，借唐开元盛世的歌曲，此处指宋朝盛时的音乐。"空掩袖，倚寒竹"，借竹的高风亮节表现自己坚贞不渝的品德。

这是一首具有典型婉约风格的作品。以"梦冷黄金屋"起笔，以幽独伤情作结，表现了词人深沉的故国之恋和不同凡俗的高尚志节。词中借梦抒怀，使境界迷离；以美人为灵魂化身，写故国之思。词人曲笔道出心中郁积很久的块垒，用词虽较为清丽婉约，但表情仍显酣畅淋漓。

清平乐·图书一室

【宋】周晋

图书一室。香暖垂帘密。花满翠壶熏研席。睡觉^①满窗晴日。

手寒不了残棋。篝香^②细勘唐碑^③。无酒无诗情绪，欲梅欲雪天时。

【注 释】

①觉：睡醒。
②篝香：衣篝上所散发出的香味。
③唐碑：唐代的刻石或碑帖。

作者名片

周晋（生卒年不详），字明叔，号啸斋，其先济南（今属山东）人，自祖秘起寓居吴兴（今浙江湖州）。晋于绍定四年（1231年）官富阳令。嘉熙末淳祐初，为福建转运使干官。累监衢州、通判柯山。宝祐三年（1255年），知汀州。晋富藏书，工词。词作多散佚。《绝妙好词》卷三载其词三首，分别为《点绛唇》《清平乐》《柳梢青》。

译 文

图书摆满屋子，屋内香气充盈，窗帘掩盖得严密。瓶中插满了鲜花，书写的案台上满是芳香的气息。在这儿一觉睡到阳光照进窗户里。

眼前是昨夜手冷没下完的残棋，燃上香火细细体会唐代碑文的含义。没有喝酒的情绪，没有读诗的兴致，那梅花将怒放，雪花也将纷飞了。

〔赏析〕

此词用笔、造境都很讲究。上片笔触颇感细密。图书之满室，插花之满壶，花香之满屋，晴日之满窗，笔致较密。香、暖、花、熏、翠壶、晴日，笔致较丽。但下片中的"不了残棋""无诗无酒""欲梅欲雪"皆轻描淡写，便将上片丽密之感融化开来。由浓而淡，层层轻染，足见韵致之清雅。词中造境是在室内，境界本不大。可是上片收以满窗晴日、虚室生白的意象，下片结以欲梅欲雪天时的描写，将一个小小书斋与隆冬将春的天地相连通，便觉得书斋、人心同天地自然常相往来，境界之大，使人意远神怡。营造意境，讲究以小见大，人与自然相通，这正是中国艺术文化之精神。

阮郎归①·春风吹雨绕残枝

【宋】秦观

春风吹雨绕残枝，落花无可飞。小池寒渌欲生漪②，雨晴还日西。

帘半卷，燕双归。讳愁无奈眉。翻身整顿着残棋，沉吟应劫迟。

【注　释】

①阮郎归：词牌名，又名"碧桃春""宴桃源""濯缨曲"等。以李煜词《阮郎归·呈郑王十二弟》为正体，双调四十七字，前段四句四平韵，后段五句四平韵。另有双调四十七字，前段四句三平韵一重韵，后段五句两平韵两重韵的变体。
②漪：风吹水面形成的波纹。

作者名片

秦观（1049年—1100年），字太虚，又字少游，别号邗沟居士，世称淮海先生。汉族，北宋高邮（今江苏）人，官至太学博士，国史馆编修。北宋婉约派词人，被尊为婉约派一代词宗，儒客大家。秦观一生坎坷，所写诗词高古沉重，寄托身世，感人至深。秦观生前行踪所至之处，多有遗迹。如浙江杭州的秦少游祠，丽水的秦少游塑像、淮海先生祠、莺花亭；青田的秦学士祠；湖南郴州三绝碑；广西横县的海棠亭、醉乡亭、淮海堂、淮海书院等。

译 文

丝丝细雨被和暖的春风吹送着，飘洒在繁花落尽的树枝上。满地落花被雨水浇湿，再也飞舞不起来了。池塘里碧绿的水面上随风荡起微微的波纹。雨晴了，一轮斜阳依旧出现在西方的天空上。

在百无聊赖中卷起珠帘，看到燕子成双成对地飞来飞去，心中愁绪更浓。这种愁绪实在难以排遣，满心想加以掩饰，却无奈在紧蹙的双眉中显露出来。于是只好强打精神，翻身起来，继续下那盘没有下完的棋。岂料应劫之际，她竟然举棋不定，沉吟半晌，难以落子。

赏析

词的上片写景，起句从春雨落花写起，奠下全词低沉徘徊、哀婉掩抑的基调。"绕"字，写出雨横风狂、纠缠蹂躏之可恨。次句写落花被风雨摧残残红狼藉，沾泥不起。两句之间，数度沉抑，使人情绪亦如落花沾泥，颠仆不起。三、四句写一池春水寒冷清澈，涟漪将生，而此时雨过天晴，夕阳西下。

词的下片，由写景转入抒情，仍从景物引起。"帘半卷，燕双归"，开帘待燕，亦闺中常事，而引起下句如许之愁，无他，"双燕"的"双"字作怪耳。其中燕归又与前面的花落相互映衬。花落已引起红颜易老的悲哀；燕归来，则又勾起不见所欢的惆怅。燕双人独，怎能不令人触景生愁，于是逆出"讳愁无奈眉"一个警句。所谓"讳愁"，并不是说明她想控制自己的感情，掩抑内心的愁绪，而是言"愁"的一种巧妙的写法。"讳愁无奈眉"，就是对双眉奈何不得，双眉紧锁，竟也不能自主地露出愁容，语似无理，却比直接说"愁上眉尖"，艺术性高多了。

鹧鸪天①·重九②席上再赋

【宋】辛弃疾

有甚闲愁可皱眉。老怀无绪自伤悲。百年旋逐花阴③转，万事长看鬓发知。

溪上枕④，竹间棋⑤。怕寻酒伴懒吟诗。十分筋力夸强健，只比年时⑥病起时。

【注　释】

①鹧鸪天：词牌名，又名"思佳客""半死桐"等，双调五十五字，上下片各三平韵。

②重九：旧历九月九日，即重阳节。

③旋：渐。花阴：花荫。阴，同"荫"。

④溪上枕：喻隐居生活。

⑤竹间棋：喻隐居生活。

⑥年时：往年。

作者名片

辛弃疾（1140年—1207年），南宋词人。原字坦夫，改字幼安，别号稼轩，汉族，历城（今山东济南）人。出生时，中原已为金兵所占。21岁参加抗金义军，不久归南宋。历任湖北、江西、湖南、福建、浙东安抚使等职。一生力主抗金。曾上《美芹十论》与《九议》，条陈战守之策。其词抒写力图恢复国家统一的爱国热情，倾诉壮志难酬的悲愤，对当时执政者的屈辱求和颇多谴责；也有不少吟咏祖国河山的作品。题材广阔又善化用前人典故入词，风格沉雄豪迈又不乏细腻柔媚之处。由于辛弃疾的抗金主张与当政的主和派政见不合，后被弹劾落职，退隐江西带湖。

译 文

那是为着什么闲愁才这样愁眉不展的呢？还不是由于老来无奈，百无心绪的晚景堪悲啊！人生百年，只不过像是阳光移动着花影那么飘忽匆忙。每当对镜看到自己的两鬓渐成斑白，更感到心灰意懒，万事皆空啊！

每日来只是溪头醉饮，竹林对弈，打发着这闲暇的岁月，哪儿还有邀朋呼醉、作赋吟诗的旧时豪兴呢？当年那逞强好胜、遇事不甘人后的精神意气如今安在呢？所余只不过是年来久病初起时的弱不禁风了啊！

〔赏析〕

这首词是于重九席上吟咏老人心怀的，体现了作者对人生的感喟。全词以白描的手法，直抒胸臆，既写自己衰老的形态，又写自己不服老的精神，沉郁苍凉，显示出作者在艰难的人生道路上，力求超越自我、获取心理平衡的努力。

　　开头二句以自问自答的方式感喟人生，点出题旨。"有甚闲愁可皱眉"，实际是说自己愁眉不展，并不是因为自己有什么闲愁。作者接下指出为什么要皱眉头，主要是因有老人心怀，故无情无绪，往往自伤自悲。在这里，作者强调了老人心怀，点出了题意。作者的老人心怀也不是凭空产生的。作者在《满江红》（曲几团蒲）词中借朋友之口劝他："万事莫侵闲鬓发，百年正要佳眠食。"而在《满庭芳》（西崦斜阳）中又说："无穷身外事，百年能几，一醉都休。"这一切都表明他极力想超拔人生困境，但终究不易。"百年"二句写出了他对人生困境的觉悟与认识。前一句是说人生百年，转眼即逝；而后一句则是说世路坎坷，壮志莫伸，人情冷暖，晚景落寞，这一切的磨难，都在自己身上打下了深深的印记。回首往事，反思人生，使他产生了某种空漠感和幻灭感，故以消极的态度对待人生。对他来说，枕溪洗耳的高洁，竹间下棋的幽雅，饮酒赋诗的超逸，乃至访亲问友的欢快，一概没有兴趣，也懒于去学去做。"溪上枕"三句，比较集中地表现了他对人生的淡漠。但人生的遗憾，并没有使他走上颓唐和玩世。他还是要乐观地面对现实。故词的结尾二句用欲抑先扬的手法，指出现在所说的无论我身体强健也好，还是我十分精神也好，都是相对的，是和"年时病起时"相比较而言的。这样结尾既照应了开头，又点出了产生老年心怀的原因，还表现了作者力求超拔人生困境的潇洒的生活态度，意义是极其丰富和深刻的。

念奴娇①·登建康赏心亭②呈史致道留守

【宋】辛弃疾

我来吊古③，上危楼④、赢得闲愁千斛⑤。虎踞龙蟠⑥何处是，只有兴亡⑦满目。柳外斜阳，水边归鸟，陇⑧上吹乔木。片帆⑨西去，一声谁喷霜竹⑩。

却忆安石⑪风流，东山岁晚⑫，泪落哀筝曲⑬。儿辈功名都付与，长日惟消棋局。⑭宝镜难寻⑮，碧云将暮⑯，谁劝杯中绿⑰。江头风怒，朝来波浪翻屋⑱。

【注 释】

①念奴娇：词牌名，又名"百字令""酹江月"等，双调一百字，前后片各四仄韵。
②赏心亭：位于建康下水门之上，下临秦淮河，是当时的游览名胜。
③吊古：凭吊古迹。
④危楼：高楼，此代指赏心亭。
⑤斛：量度容器，古人以十斗为一斛。
⑥虎踞龙蟠：形容建康城地势之险要，气势之峥嵘。
⑦兴亡：指六朝兴亡古迹。偏重于"亡"。
⑧陇：田埂，此泛指田野。乔木：高大的树木。
⑨片帆：孤舟。
⑩喷霜竹：谓吹笛。喷：吹奏。霜竹：秋天之竹，借以指笛。
⑪安石：谢安，字安石，东晋著名政治家。
⑫东山岁晚：谓谢安晚年。
⑬泪落哀筝曲：晋孝武帝末年，谢安位高遭忌。
⑭"儿辈"二句：言谢安将建功立业的机会都交付给儿辈，自己唯以下棋度日。
⑮宝镜难寻：喻知我者难觅。
⑯碧云将暮：言天色将晚，喻岁月消逝，人生易老。
⑰杯中绿：杯中酒。
⑱波浪翻屋：形容水势汹涌浩大。

译 文

我来凭吊古人的陈迹，登上高楼，却落得愁闷无穷。当年虎踞龙蟠的帝王之都今在何处？满目所见只是千古兴亡的遗踪。夕阳斜照着迷茫的柳树，水边觅食的鸟儿急促地飞回窝中，风儿吹拂着高树，掠过荒凉的丘垄。一只孤独的船儿在秦淮河中匆匆西去，不知何人把激越的寒笛吹弄。

回想当年那功业显赫的谢安，晚年被迫在东山闲居，也被悲哀的筝声引起伤恸。建功扬名的希望都寄托在儿辈身上，漫长的白日只有消磨在棋局中。表明心迹的宝镜已难以寻觅，岁月又将无情地逝去，谁能安慰我的情怀共饮酒一盅？早晨以来江上便狂风怒号，高浪似要翻倒房屋，真令人担忧。

〔赏析〕

登览怀古之作，往往以历史的变迁寄寓对国事的感慨，借古讽今，以雄深跌宕为胜。对于知己的唱和之作，往往是心语的倾诉，以诚挚深切为高。要将这两种意思打和成一片，就需要糅合两种不同的美学风格，兼有雄深与温婉。这是一种难以达到的妙境，而本词显然达到了这一境界。此词分以下几个方面下笔：建康的地理形势、眼前的败落景象，并用东晋名相谢安的遭遇自喻，表达词人缺乏知音同志之士的苦闷，最后用长江风浪险恶，暗指南宋的危局。

开头三句，开门见山，直接点明主题，抒发内心感情基调。然后再围绕主题，一层一曲地舒展开来。"上危楼、赢得闲愁千斛"，是说词人登上高楼，触景生情，引起无限感慨。"闲愁千斛"，是形容愁苦极多。"闲愁"，是作者故作轻松之笔，其实是作者关心国事但身不在要位始终不能伸抗金之志的深深忧愁。

四、五两句采用自问自答的方式，把"吊古伤今"落到实处。"虎踞龙蟠何处是"问话中透出今不比昔的悲凉。据《金陵图经》记载："石头城在建康府上元县西五里。诸葛亮谓吴大帝曰：'秣陵地形，钟山龙蟠，石城虎踞，真帝王之都也。'"正因为如此，建康曾经成为六朝的国都。但在辛弃疾看来，此时却徒留空名和一片败亡的气息。这里暗中谴责南宋朝廷不利用建康的有利地形抗击金兵、收复中原饱含感情的问答异常生动地勾画出词人大声疾呼、痛苦欲绝、义愤填膺的形象。"兴亡满目"，"兴亡"是偏义词，侧重于"亡"字。

"柳外斜阳"五句，是建康眼前的景象，把"兴亡满目"落到实处，渲染一种国势渐衰悲凉凄楚的气氛：夕阳斜照在迷茫的柳树上；在水边觅食的鸟儿，急促地飞回窝巢；垅上的乔木，被狂风吹打，飘落下片片黄叶；一只孤零零的小船，漂泊在秦淮河中，匆匆地向西边驶；不知何人，吹奏起悲凉的笛声。这些映入词人眼帘，怎能不勾起作者忧国的感叹。同时词人独选此景，也正是意在表达自己内心的情感。从构思而言，上片三个层次，采用层层递进、环环紧扣的笔法，衔接极为严密。而各个层次，又都从不同的角度，加深和强化主题。

上片十句侧重于吊古伤今。下片十句则侧重于表现词人志不得伸、无法实现抗金国收河山壮志的愁苦，及其对国家前途的忧虑。下片亦分三个层次，前五句为一个层次，是曲笔。次三句为一个层次，是直抒胸臆。最后两句为一个层次，是比喻。各层次的笔法虽不相同，但能相辅相成，浑然一体。

"却忆安石风流"五句，用了谢安（安石）受谗被疏和淝水之战等典故。前三句写谢安早年寓居会稽，与王羲之等知名文人"渔弋山水""言咏属文"，风流倜傥逍遥洒脱。作者借此表达自己本也可隐居安逸但忧国之心使其尽小国事，以至"泪落哀筝曲"。晋孝武帝司马曜执政，谢安出任宰相，后来受谗被疏远。

"泪落哀筝曲"是写谢安被疏远后，孝武帝有次设宴款待大将桓伊，谢安在座。桓伊擅长弹筝，谢安为孝武帝弹一曲《怨诗》，借以表白谢安对皇帝的忠心和忠而见疑的委屈，声节慷慨，谢安深受感动，泪下沾襟。孝武帝亦颇有愧色。词人在此借古人之酒杯，浇自己之块垒，曲折隐晦地表达未被重用、志不得伸的情怀。"儿辈"两句，写谢安出任宰相未被疏前，派弟弟谢石和侄儿谢玄领兵八万，在淝水大败前秦苻坚九十万大军的事。当捷报传到建康，谢安正在和别人下棋。谢安了无喜色，仍下棋如故。别人问谢安战况时，谢安才漫不经心地答道："小儿辈遂已破贼。"这段历史，本来说明谢安主持国事的沉着与矜持，但辛弃疾改变了它的原意，把词意变成：建立功名的事，让给小儿辈干吧，我只需整天下棋消磨岁月！不难看出，这里包含着词人壮志未酬、虚度年华的愁苦，同时也给予议和派以极大的讽刺。

　　辛弃疾为词气魄不亚于东坡，但这里却屡用喻指，语含讥讽，可见长期的压抑使之极度愤懑，而面对现实除了无奈更别无他法。

　　"宝镜"三句，笔锋又从历史转到现实，词人用寻觅不到"宝镜"、夜幕降临、无人劝酒，暗喻壮志忠心不为人知、知音难觅的苦闷。"宝镜"源自唐李濬《松窗杂录》，其中载秦淮河有渔人网得宝镜，能照见五脏六腑，渔人大惊，失手宝镜落水，后遂不能再得。这里借用此典，意在说明自己的报国忠心、报国之才无人鉴察。刘熙载说："稼轩词龙腾虎掷，任古书中俚语、瘦语，一经运用，便得风流，天姿是何夐异！"（《艺概·词曲概》），的确，"宝镜"三句，感情基调虽然悲愤沉郁，但词句却含蓄蕴藉，优美动人。

　　最后两句，境界幽远，寓意颇深。它写词人眺望江面，看到狂风怒号，便预感到风势将会愈来愈大，可能明朝长江卷起的巨浪，会把岸上的房屋推翻。这两句不仅写出江上波涛的险恶，也暗示对时局险恶的忧虑。

　　"吊古"之作，大都抒发感慨或鸣不平。辛弃疾写得尤其成功，感人至深。《宋史》本传称其"雅善长短句，悲壮激烈"，即说明辛词此类作品的豪放风格。

上西平·送陈舍人①

【宋】吴泳

跨征鞍，横战槊②，上襄州③。便匹马、蹴踏高秋。芙蓉未折，笛声吹起塞云愁。男儿若欲树功名，须向前头。

凤雏④寒，龙骨⑤朽，蛟渚⑥暗，鹿门⑦幽。阅人物、渺渺如沤。棋头已动，也须高著局心筹。莫将一片广长舌，博取封侯。

【注　释】

①题目中的陈舍人，不详，可能是作者的朋友。舍人，官名。
②横战槊（shuò）：横持长矛，指从军或习武。
③襄州：襄阳。襄阳区位于鄂西北，地处汉水中游，属南阳盆地边缘，在今天的湖北。
④凤雏：三国时期庞统的号。"凤雏"即庞统，汉末襄阳人，其叔德公称之为"凤雏"，善知人的司马徽称他为"南州士之冠冕"。
⑤龙骨：指的是卧龙，即诸葛亮。曾在襄阳居住，司马徽称之为"卧龙"。
⑥蛟渚：晋邓遐斩蛟的地方。《晋书·邓遐传》载：襄阳城北沔水中有蛟，常为人害，邓遐拔剑入水截蛟数段。
⑦鹿门：鹿门山之省称，在湖北省襄阳区。后汉庞德公携妻子登鹿门山，采药不返。后指隐士所居之地。唐代山水田园诗人孟浩然隐居于此。

▌作者名片▐

吴泳，生卒年均不详，约宋宁宗嘉定末前后在世。字叔永，潼川人。嘉定元年（1209年）第进士。累迁著作郎，兼直舍人院。应诏上书，颇切时要。累迁吏部侍郎兼直学士院，上疏言谨政体、正道揆、厉臣节、综军务四事。后进宝章阁学士，知温州，以言罢。泳著有鹤林集四十卷，《四库总目》行于世。

译 文

跨上战马，横持着长矛，赴襄州上任。正值秋天，驰骋战场。荷花没有衰败，笛声吹动边界的愁绪。希望你奋发向上，努力树立功名。

襄阳的著名人物凤雏、卧龙早已作古，尸骨已朽；蛟渚、鹿门等遗迹也已色彩暗淡，不似当年了，历史名人像水泡一样的消逝了。树立功名，就像在棋局中筹划高着一样。不要凭着一条长舌，去博取官爵厚禄。

〔赏析〕

这是一首送友人赴任的词。

片头三句，直写陈舍人赴襄阳上任。值得注意的是，把"跨征鞍，横战槊"放在开头，醒目突出，用以形容陈舍人，不难看出这是一副"横槊立马"的出征形象。尤其两句中各用"征""战"分别形容"鞍"和"槊"，制造了十分强烈的战斗气氛。陈舍人赴襄阳任，就带有上前线出征的意味。这也是作者对友人的鼓励和祝愿。因此，接下来二句预祝对方在秋高气爽、草长马肥之时驰骋疆场，打击敌人。看来陈舍人动身是在秋天，所以作者才这样祝愿、鼓励他。"蹴踏"是踩踏的意思。这把陈舍人驰骋疆场的英姿描绘得十分鲜明、突出。"芙蓉"二句，进一步说明陈舍人赴襄州上任及作者鼓他的原因，就是敌人骚扰，边塞吃紧。"笛声"，指军营中号角之类的声音，借指发生战争。"塞云"就是"战云"，指战争的局势。"塞云"是不会愁的，这里用拟人化的手法，表现战局的紧张，敌人骚扰带来的危急。结二句与开头呼应，用直接语气鼓励陈舍人：国家危难之际，正是男儿杀敌报国、建功立业的好时机。

浣溪沙①·水满池塘花满枝

【宋】赵令畤

水满池塘花满枝，乱香深里②语③黄鹂④。东风轻软弄帘帏⑤。

日正长时春梦短，燕交飞⑥处柳烟低⑦。玉窗⑧红子⑨斗棋⑩时。

【注 释】

①浣溪沙：词牌名，本唐教坊曲名，又名"浣沙溪""小庭花"等，双调，正体为
四十二字，上片三句三平韵，下片三句两平韵。
②乱香深里：香气袭人的百花丛中。乱香，即花丛。
③语：指黄鹂的啼叫声。
④黄鹂：也称"黄莺""黄鸟"，鸣声婉转。
⑤弄帘帏（wéi）：吹拂着窗帘和帏幕。弄：拂弄，吹拂。帘帏：帘帐，帐子。
⑥交飞：双飞。
⑦柳烟低：形容柳叶低垂的轻柔之态。柳烟：柳树枝叶茂密似笼烟雾，故称。
⑧玉窗：装饰华丽的窗子。
⑨红子：指红色的棋子。
⑩斗（dòu）棋：下棋游戏。

作者名片

赵令畤（1061年—1134年），初字景贶，苏轼为之改字德麟，自号
聊复翁。太祖次子燕王德昭（赵德昭）玄孙。元祐中签书颍州公事，时
苏轼为知州，荐其才于朝。后坐元祐党籍，被废十年。绍兴初，袭封安
定郡王，迁宁远军承宣使。四年卒，赠开府仪同三司。著有《侯鲭录》
八卷，赵万里为辑《聊复集》词一卷。

译 文

春水溢满了池塘，花儿在枝头绽放。那香气袭人的百花丛中，黄鹂

鸣声婉转。东风轻轻软软地撩动着帘帏。

　　春天白昼渐长，可惜春梦太短。醒来后只见烟雾迷蒙的杨柳低处，燕子双双飞舞，令人无限羡慕。百无聊赖，只好在窗前以红子斗棋，独自游戏。

　　〔赏析〕

　　此词上片从视觉、嗅觉、听觉以及触觉等角度写春天对闺中少妇的感官刺激，下片由上片生发，写闺中少妇沉浸于相思之中的情态。全词虽只有六句，但每一句都独立形成一组景致，六个画面完美、和谐地组合成特殊的意境。通过景物抒写闺怨，写景饱满酣畅，言情深隐蕴藉，词浅意深、语短情长的艺术魅力尽显。

　　此词上片点染环境，依次写闺中人所见、所闻、所感，层层进逼，对景观的感受自远及近，人渐渐地被渲染出来。开头的"水满池塘花满枝"一句从视觉角度写盛春景色。接连用两个"满"字来表现水与花，是从唐代严维"柳塘春水漫，花坞夕阳迟"名联化出，十分贴切地展现楼外春光满眼。"乱香深里语黄鹂"把颜色之鲜艳转化为气味之传播，在听觉感受上增设嗅觉一层，显得春天更为生动，在语意上与前一句既有衔接，又另成一境。其中"乱香"承接前句"花满枝"，一个"乱"字，写出百花争艳的春日胜景。"语黄鹂"中"语"字是将黄鹂的鸣叫想象成低语的表现，饶具情思，黄鹂软声细语的啁啾之态因而更加突出。

　　"东风轻软弄帘帏"一句从触觉角度写春色，将繁茂的春景与"帘帏"中人联系起来，一个"弄"字，几许撩人，"帘帏"二字则点示出人的存在。从池塘到花丛，再到院中帘帏，景物之间虽无脉络可循，却形成一幅整体的画面。此句写春风翻动帘幕，虽未写人，而人物情思已隐隐显露。帘外春光灿烂，人却在帘幕深处，是情慵意懒，没有出游赏春的心思，还是满心愁绪，怕孤身一人见春伤怀？对此，句中并未直言，因而给人留下了想象的空间，显得笔致轻巧。

"日正长时春梦短，燕交飞处柳烟低"两句写日长之时，主人公百无聊赖，于是用午睡打发时光，偏偏好梦易醒，醒过来之后，梦中的美好消逝无踪，不觉间归燕交飞，烟柳迷茫，日又西下，前句直露，后句微婉，有错落之致。其中"燕交飞"饱含情致，既是对"春梦"氛围的烘托，更暗示了"春梦"的内容，透出"双燕复双燕，双飞令人羡"的潜在意向，见燕子双飞，更突显闺中少妇的孤独，而柳又引出离愁别绪。其中"交"字将燕子引颈相戏的亲昵模样描写得十分贴切。接下来"玉窗红子斗棋时"一句以事结题，本旨拍合，味淡而永，流露出无可奈何中的奈何，无所用心中的用心。"玉窗""红子"构成一幅色泽鲜明、温润美好的图画，仿佛可以看见主人公斜倚玉窗，纤纤素手捏起鲜艳红润的棋子、懒懒下棋的模样。

全词没有花费笔墨讲述主人公的心情，情感的表达亦不见痕迹，只通过景物勾勒情思，但全词处处含情，主人公的困懒和孤寂蕴含于浅淡的文字中，韵味深长。

棋

【宋】王安石

莫将戏事①扰真情，
且可随缘②道我赢。
战罢两奁③分④白黑，
一枰何处有亏成⑤。

【注 释】

①戏事：指下围棋。
②随缘：佛家认为，外界事物都是自体感触，谓之缘；应其缘而动作，谓随缘。
③奁：棋奁。
④分：此指分别装去，一作"收"。
⑤亏成：亏盈。意为收完棋子，棋枰上既无亏损的地方，也无多余出来的地方。

作者名片

王安石（1021年—1086年），字介甫，号半山，谥文，封荆国公，世人又称王荆公。汉族，北宋抚州临川人（今江西省抚州市临川区邓家巷人），北宋著名的思想家、政治家、文学家、改革家，唐宋八大家之一。欧阳修称赞王安石："翰林风月三千首，吏部文章二百年。老去自怜心尚在，后来谁与子争先。"传世文集有《王临川集》《临川集拾遗》等。其诗文各体兼擅，词虽不多，但其亦擅长，且有名作《桂枝香》等。而王荆公最得世人哄传之诗句莫过于《泊船瓜洲》中的"春风又绿江南岸，明月何时照我还"。

译　文

下棋只是游戏，何必动真感情。你们就随便算我赢得了，反正等到下罢棋，就把棋子收了，棋盘上又哪里去找什么胜败？

赏析

这是一首格调清新、兴味盎然的七绝小诗，诗虽短，却在中国围棋史上占有极其重要的地位。从此诗中，我们可以管窥中国古代文人弈棋的思维方式，进而透视通过围棋流露出的民族性格。

诗的一开头，作者就将围棋定位为"戏事"。在王安石看来，弈棋只不过是一种游戏而已，犯不着较真。他认为，所谓的"真情"才是最重要的。首句中，对"戏事"与"真情"的取舍十分明朗，而一个"莫将"，更是强调了这种态度的坚决。诗的结尾，是王安石对围棋的理性认识，也是他为

自己"淡泊胜负"所找的理由。既然一局棋罢，黑白棋子装入
奁（即棋罐）中，空空如也的棋枰上便什么都没有了。是非成
败，转头即空，哪还有什么分别？

从这首诗中，我们可以看出：围
棋，在包括王安石在内的许多文人那
里，只是"小道"，只是一种玩物而
已，只要自己高兴，胜负成败都无所
谓。在这些文人看来，下棋，不过是
自己显示逍遥闲适的手段罢了。

夏日即事

【宋】 张九成

萱草①榴花照眼明，冰应水阁晚风清。
萧然②终日无人到，帘外时闻下子声。

【注 释】

①萱草：亦作"谖草"。又名鹿葱、忘忧、宜男、金针花。古人认为是可以使人忘忧的草。
②萧然：冷落、凄清的意思。

作者名片

张九成（1092年—1159年），杭州钱塘人，字子韶，号横浦居士，
又号无垢居士。少游京师，从学于杨时。高宗绍兴二年进士第一。历著
作郎及礼部、刑部侍郎等职。因与秦桧不和，被谪南安军十四年。桧
死，起知温州。研思经学，多有训解。卒谥文忠。有《横浦集》《孟子传》。

赏析

　　这首诗摄取了夏日的一个小景。首句言节候和周围的景色；二句是时间和对弈之处；三句言时间之长，终日无人打扰，宁静宜人；四句点明静中有动，下棋声不时飘出帘外，一派恬淡宁馨的气氛，从而衬托出自己平静安宁的心情。

弈棋二首呈任公渐①

【宋】黄庭坚

其一

偶无公事负朝暄②，三百枯棋共一樽。

坐隐③不知岩穴乐④，手谈⑤胜与俗人言⑥。

簿书堆积尘生案，车马淹留客在门。

战胜将骄疑必败，果然终取敌兵翻。

其二

偶无公事客休时，席上谈兵校⑦两棋。

心似蛛丝游碧落，身如蜩甲⑧化枯枝。

湘东一目⑨诚甘死，天下中分尚可持。

谁谓吾徒犹爱日，参横月落⑩不曾知。

【注 释】

①任公渐：任渐，黄庭坚的好友同僚，一说即任伯雨。公是对古代为官或有一定名望的男性的尊称。

②负朝暄：韩文丞《厅记》云："余方有公事，子姑去负暄。"

③坐隐：围棋或者下围棋的别称之一。

④岩穴乐：即为隐者之乐，与围棋"坐隐"之称相对。

⑤手谈：围棋对局的别称。

⑥俗人言：多指聒噪之语，反衬出围棋"手谈"之高雅情怀。

⑦校：通"较"，较量；一本作"角"。

⑧蜩：蝉的总名。蜩甲，指蝉蜕的壳。

⑨湘东一目：南朝梁湘东王萧绎，自幼盲一目。

⑩参横月落：参星横斜，月亮落下，指夜深。参（shēn），参星，二十八宿之一。

作者名片

黄庭坚（1045年—1105年），字鲁直，号山谷道人、涪翁，洪州分宁（今江西省九江市修水县）人，北宋著名文学家、书法家、江西诗派开山之祖。早年以诗文受知于苏轼，与张耒、晁补之、秦观并称"苏门四学士"。与苏轼齐名，世称"苏黄"。诗以杜甫为宗，有"夺胎换骨""点铁成金"之论，风格奇硬拗涩，开创江西诗派，在宋代影响颇大。又能词。兼擅行书、草书，为"宋四家"之一。

译 文

偶尔没有公事可做，下下围棋，喝杯小酒，忙里偷闲，似乎有些辜负大好时光了。

坐隐手谈之乐，超过岩穴隐居，也胜过和庸俗的人们闲聊。

对弈浑然不觉时间流逝，公文堆积到已积尘，而客人已久等在门外了。

骄兵必败，多疑必失，我一边下棋一边提醒自己不可犯这样的错误，果然最后打杀敌军，真是酣畅淋漓。

偶然没有公务，遇到友人同样休息来做客，两人就坐着下围棋，边下边讨论棋路。

思绪仿佛蛛丝飘荡在天空，细细一缕却未曾断绝；身子则像在蝉壳遍地的树下专心致志捕蝉的人，化成了一段枯树枝般，纹丝不动。

这一处棋有如湘东王萧绎，只剩一个活眼，确实该被吃掉。但整盘局面势均力敌，我应当还能支持。

谁说我们这些人爱惜光阴？明明下棋下到快天亮，尚未发觉时间流逝。

[赏析]

第一首诗描写作者坐隐手谈之乐，第二首表现与友人对弈之趣，这组诗是作者以下棋为题材描摹下围棋时心无旁骛、全力争胜的忘我状态。组诗对于下棋刻画入微并形中见神，富有寄托，寓言外之意，发人深思，极具匠心。

第一首诗的首联"负"字用得颇妙，"负"是辜负的意思，平日为案牍劳形的人偶尔无事就大白天下盘棋，确实有点辜负了大好时光，但却也是一种自嘲，有忙里偷闲的意趣。

颔联"坐隐"和"手谈"两个动作表达出下棋的快乐，而这种快乐超过了真正的岩穴隐居，更胜过和那些庸俗的人闲扯空谈。

颈联侧面写出了两人对弈时间之久，对弈之入迷，对弈之旗鼓相当，运用了夸张的手法。两人下棋，书本桌子都堆满了灰尘，哪怕客人在外等候多时也全不理会，照应了颔联的坐隐，体现二人下棋浑然忘我的境界。说是"偶无公事"，其实是下起棋来忘记了时间，公文堆积，客人门外等着，还真是误事了。

最后的尾联可谓神来之笔，把之前下棋的岑寂徒然打破，有慨叹有议论，并且从下棋中总结感悟出人生的哲理。他一边下棋，一边在留心棋给人的启示，又想起了在棋盘上"骄兵必败""多疑必失"的道理也是适用的，是一种告诫，也是一种自我提醒。而最后把对手打败更是淋漓尽致，如释重负，快哉爽哉。

　　第二首诗的首联又是描述自己没有公事，朋友正好休息，大好机会，于是在席上定要好好较量一番！照应了题目，又为下面的描述下棋展开铺垫。

　　颔联"心似蛛丝游碧落，身如蜩甲化枯枝"，这是会下棋的人才能写出的妙句。这是一个静静的棋手的形象，前一句用了比喻的手法，以蛛丝来形容棋手心思缜密，偌大的棋盘被比作苍穹，在这棋盘中自然处处都要极其细心。或者我们也可以这么理解，棋手仍在思考，他的思路像细细的蛛丝一样，在浩渺的天空中飘荡，希望能够寻到明晰的答案。这是何等奇特的比喻！而第二句则用了《庄子》中佝偻承蜩的典故。一个用竹竿粘"知了"的老人，其拿手好戏是能在这时屏住呼吸，伸出的手就像枯枝一样。"吾处身也，若厥株拘；吾执臂也，若槁木之枝"，而正在下棋的棋手，也正是这样地一动不动，全神贯注。在这一刹那间似乎也停滞了。这告诉我们专心致志地从事于一件事，就能够达到出神入化的境地。这一联化静为动，化无形为有形，我们仿佛看到了下棋人思想的活动。

　　还有更妙的颈联，"湘东一目"，是说一位被封为"湘东王"而又是一只眼的贵族。历史上有两位有点名气的"湘东王"，一位是南朝宋的刘彧，后来他成为宋明帝。他的棋下得很差，下棋常常要"去格八九道"。著名棋手王抗常常调侃他，说您的飞棋（围棋术语，相当于马走日），我是绝不敢断您的。结果宋明帝一直以为自己的棋下得很好。另一位是稍后的梁元帝萧绎，他在当上皇帝之前被封为"湘东王"，担任荆州刺史。他自幼瞎了一只眼睛，看来"湘东一目"说的是他。这一典故在这里用得实在巧妙，围棋需要两眼才能成活，"一目"就只能等死了。而笔锋突然一转，说天下从中间划分下去尚且可以把握。也就是说边角一目不

成活，但如果把握中盘，还是很有希望的。从中我们看到黄鲁直的豁达和大气，这里可能多少也有受到其恩师苏东坡的影响，我们感受到一种舍得的潇洒和对全局把握的自信，正所谓失之东隅收之桑榆！而这首诗或许是黄鲁直借下棋来劝勉友人任渐要对将来的大局充满希望，不要偏安一隅，更要学会甘愿去舍弃一些毫无意义的琐事。

最后黄庭坚是在感叹。围棋是这样吸引人，时光是一点点地过去，就是最珍惜时光的读书人，也几乎将时间忘记了，一眨眼，就已经是深夜了……这句用了反问的语气，"爱"不要理解为爱惜，应理解为吝惜，也就是说不要总认为我们这些读书人特别吝惜时间来读书处理政务，如果是抽空来下盘棋，还是完全舍得的，哪怕忘了时间，这正好与上面豁达乐观的格调相一致。

两首诗生动地描写了诗人与棋友对弈的情景。他认为围棋比山水之乐更具魅力，也胜过与凡夫俗子聊天。对局者一心专注在棋盘上，以至忘记时间。前人评曰："较胜负于一着，与王荆公措意异矣。"即是说，黄庭坚下棋时把握最为关键一步的态度，与王安石处处用心、步步为营的态度恰恰是大不相同的。

阮郎归①·初夏

【宋】苏轼

绿槐高柳咽新蝉。薰风②初入弦。

碧纱窗下水沈③烟。棋声惊昼眠。

微雨过，小荷翻。榴花开欲然④。

玉盆⑤纤手⑥弄清泉。琼珠⑦碎却圆。

【注 释】

①阮郎归：词牌名。此调名于《花草粹编》中注曰："一名'醉桃源''碧桃春'。"双调四十七字，前后片各四平韵。

②薰风：南风，和暖的风，指初夏时的东南风。《吕氏春秋·有始》："东南曰薰风。"唐白居易《首夏南池独酌》诗："薰风自南至，吹我池上林。"

③水沈：即"水沉"，木质香料，又名沉水香。

④然：同"燃"，形容花红如火。

⑤玉盆：指荷叶。

⑥纤手：女性娇小柔嫩的手。

⑦琼珠：形容水的泡沫。

作者名片

苏轼（1037年—1101年），字子瞻、和仲，号铁冠道人、东坡居士，世称苏东坡、苏仙。汉族，眉州眉山（四川省眉山市）人，祖籍河北栾城，北宋著名文学家、书法家、画家，历史治水名人。苏轼是北宋中期文坛领袖，在诗、词、散文、书、画等方面取得很高成就。文纵横恣肆；诗题材广阔，清新豪健，善用夸张比喻，独具风格，与黄庭坚并称"苏黄"；词开豪放一派，与辛弃疾同是豪放派代表，并称"苏辛"；散文著述宏富，豪放自如，与欧阳修并称"欧苏"，为"唐宋八大家"之一。苏轼善书，"宋四家"之一；擅长文人画，尤擅墨竹、怪石、枯木等。作品有《东坡七集》《东坡易传》《东坡乐府》《潇湘竹石图卷》《古木怪石图卷》等。

译 文

槐树枝繁叶茂，柳树高大，浓绿深处的新蝉鸣声乍歇。和暖的风微微吹起，绿色的纱窗下，香炉中升腾着沉香的袅袅轻烟；惬意的昼眠，忽而被落棋之声惊醒。

细雨过后，轻风把荷叶翻转。石榴花衬着湿润的绿叶，更是红得像火焰。美丽女子纤手拨动清池的泉水，水花溅起落在荷叶中，就像晶莹的珍珠，一会儿破碎一会儿又圆。

赏析

　　此词表现初夏时节的闺阁生活。上片写静美，而从听觉入手，以声响状环境之寂，组成一幅幽美宁静的初夏美人图；下片写动美，却从视觉落笔，用一幅幅无声画来展示大自然的生机，营造出一种清丽欢快的情调。全词以描写为主，采用从反面落笔的手法，写人写景细腻精致，注意景物描写、环境描写和人物描写的交叉运用，从而获得了极好的艺术效果。这首词采用从反面落笔的手法，用一幅幅无声画来展示大自然的生机，整首词淡雅清新而又富于生活情趣。

春日与闲山居士小饮

【宋】苏轼

一杯连坐两髯棋①，数片深红入座飞。
十分潋滟君休赤②，且看桃花好面皮③。

【注　释】

①两髯棋：髯，两颊上的长须。一般总指脸上的胡子。两髯棋即两个满脸胡须的人在下棋。
②潋滟：水满貌，此指酒。赤：通斥，拒绝、推却。
③"且看"句：意为数杯酒下肚，面色潮红恰似桃花。原注："唐人诗云：未见桃花面皮，先作杏子眼孔。"

译　文

　　我们边喝酒边下棋，桃花花瓣偶尔飞落下来。你不要因为棋局不好就要懊恼啊，且把这杯酒饮下，看桃红纷飞，好不惬意！

〔赏析〕

　　这首诗是否是苏轼所作固有争论，但根据冯应榴编次和他"剧饮"而称"不解饮"，能棋而称"不解棋"的事实看，将之列为苏轼诗，也还是妥当的。苏轼还有一些涉及棋的诗，如《晚游城西开善院，泛舟暮归二首》其一："棋声虚阁上，酒味早霜前。"《席上代人赠别》："莲子擘开须见忆，楸枰着尽皆无期。"（忆是薏的谐音，期是棋的谐音）看来，他还是经常同围棋打交道的。

西　阁

【宋】僧志文

杨柳蒹葭覆水滨①，徘徊南望倚阑②频。
年光③似鸟翩翩过，世事如棋局局新。
岚积远山秋气象，月升高阁夜精神。
惊飞一阵凫鹥④起，莲叶舟中把钓人。

【注　释】

①水滨：岸边。
②阑：栏杆。
③年光：年华；时光。
④凫鹥(fú yī)：野鸭和鸥。泛指水鸟。

作者名片

　　作者生平不详，只知道是宋代诗僧，没有详细介绍。只留下了西阁这一首诗。

译　文

　　杨柳和芦苇长满河边，靠着栏杆频频向南望去。
　　时光飞逝好像飞鸟掠过一去无踪，世事变化就像下棋一样局局翻新。

远山云烟袅袅一派秋天景象，明月升上高楼，夜晚显得格外清新明亮。

突然一群水鸟飞起，原来是莲叶中小船上的垂钓人不小心惊醒了它们。

〔赏析〕

宋代僧人志文的这首《西阁》写的是西湖之景色，然而我们从他的笔下，可以看到时光流逝之急速，从中得到时不我待的感悟。

诗的首联是一幅秋光图：在杨柳和芦荻茂密丛生的湖滨，有人在楼台上栏杆边低吟徘徊。诗一开始就展示出一个静谧而幽深的环境。"徘徊""倚阑""南望"三个动作将主人公内心复杂的活动形象地显示出来。看起来语言平淡，却又使人感到诗人起伏不平的心境，为下文蓄势。

颔联意思陡然一转。本来此联应承上联写南望之景，然而此处却出人意外地转入抒情，诗人感叹时光如飞鸟一样很快地过去，而人世间的变幻却如棋局一样不断翻新。这是一个"槛外人"（《红楼梦》中妙玉语）在看世界，出家人立身世外，于淡泊幽阒的生活中更容易感到时光的易逝和世事的变迁，即"山中方七日，世上已千年"之意，诗的理趣也反映在这一联，从中启示我们，所谓世外之人都认识到时光的宝贵，而我们"槛内人"（《红楼梦》中宝玉语），更应珍惜光阴，有所作为。

颈联又回到眼前景象，接首联。极目望去，深秋的山峦被一阵朦胧的雾气遮罩，这是白日之景；皎洁的月光铺洒在一片亭台楼阁之上，这是夜晚之景。这一联以恬淡的色彩勾画了一个空灵而幽静的无人之境，很有禅意。然而在这无人之境，最有利于沉思冥想，精骛八极，故而又能感觉到时光之速了。此联对于上联是一个反衬。

　　尾联又以生动活泼之笔，打破了幽寂之境：忽而一阵水鸭扑啦啦地飞出，原来是莲叶丛中小船上的钓鱼人惊动了它们。这一笔使全诗静中有动，在充满禅意的幽静之中又不乏活力，显得空灵而飞动，更能凸显出时光如水、世事如棋的主题。

　　本诗出自一位僧人之手，当然是很有禅意。但是，诗篇从一个世外人的角度，表达出的时光易逝、时不再来的感受，对我们要把握和珍视时光是很有启示的。诗写得淡泊空灵，于寻常平淡语中见含蓄之情，特别是颔联，景中有情，从日常事物中得出哲理的感悟，笔调轻灵而又寓意丰赡，更使全诗理趣盎然。《宋诗纪事》中只收了作者这一首诗，可见前人也认为它是上乘之作。

满江红·昼日移阴

【宋】周邦彦

　　昼日移阴，揽衣起，香帷睡足①。临宝鉴②、绿云撩乱③，未忺④妆束。蝶粉蜂黄⑤都褪了，枕痕一线红生肉⑥。背画栏，脉脉⑦悄无言，寻棋局⑧。

　　重会面，犹未卜。无限事，萦心曲⑨。想秦筝⑩依旧，尚鸣金屋。芳草连天迷远望，宝香薰被成孤宿。最苦是，蝴蝶满园飞，无心扑⑪。

【注 释】

①香帷（wéi）：春天的帷帐，点明季节与处所。睡足：在床上躺够了，指女子日高懒起。

②临宝鉴：面对金镜。

③绿云撩乱：头发纷乱。绿云，形容女子发多而黑。

④未忺（xiān）：没有兴趣。

⑤蝶粉蜂黄：唐代宫妆，以粉敷面、胸，以黄涂额间。

⑥红生肉：一作"红生玉"，肉、玉均指女子两腮；生，印出。

⑦脉脉（mò）：含情不语貌。

⑧寻棋局：杜牧《子夜歌》："明灯照空局，悠然未有期（棋）。"意为因无聊而寻找棋盘，以棋谐"期"，期待情人相会。

⑨心曲：内心深处。

⑩秦筝（zhēng）：弹拨乐器，传为秦代蒙恬所造。

⑪无人扑：句意为无人与其赏春戏蝶，而独自伤怀。

作者名片

周邦彦（1056年—1121年），我国北宋末期著名的词人，字美成，号清真居士，钱塘（今浙江杭州）人。历官太学正、庐州教授、知溧水县等。徽宗时为徽猷阁待制，提举大晟府。精通音律，曾创作不少新词调。作品多写闺情、羁旅，也有咏物之作。格律谨严。语言典丽清雅。长调尤善铺叙。为后来格律派词人所宗。旧时词论称他为"词家之冠"。有《清真集》传世。

译 文

红日高挂，移影入室，我从沉睡中醒来，披上罗衣，撩起帘幕，来到镜前，只见秀发零乱，脂粉暗淡，脸上还有一线红玉般的枕痕，我却无心梳妆。背倚画栏，默默无语，凝望着昔日与他对弈的地方。

想到与他再见遥遥无期，我的无限心事齐涌心头，久久难去。屋内秦筝依旧，筝声犹在耳际，而他已远在天涯。抬眼远望，芳草连天，回眼屋内，被香熏过的被褥只剩我一人独宿。最痛苦的是，蝴蝶满园飞舞，却无人与我共同捕捉，触景伤情，不禁泪落。

〔赏析〕

上片写当时的情事，层次分明："昼日移阴"三句，写天已大亮，窗外的日影仍在不停地移动，女主人公披衣起床，帐中春睡已足。接下来写起身后的第一件事"临宝鉴"，对着珠宝镶嵌的明镜，只见满头如云的乌黑秀发散乱蓬松，但却毫无心思去梳洗打扮。"未忺妆束"的"忺"字做高兴、适意解。下面忽然插入了"蝶粉蜂黄都褪了，枕痕一线红生肉"两句，似乎有些打乱有条不紊的结构，但却另有作用。前一句借"蝶""蜂""褪"等在此处带有特定性象征意义的词汇，用曲笔写男女之间缠绵欢会已成为过去；后一句是写枕边在她身上留下的痕迹，深深不褪似红线一根生在肉里。这也许是实写，然而更重要的却是以此表示：伊人虽去但刻骨铭心的爱却已入心生根。此外，这两句似也点明离别时刻刚过去不久。接下来写女主人公从户内走到户外，"背画栏，脉脉悄无言，寻棋局。"写她背倚着廊前雕饰彩绘的栏杆，含情不语，用目光去寻找往日二人对弈为乐的棋盘。"脉脉"点出了她的神态，"寻棋局"则是借游移的目光落在棋盘上，写出此时对弈者已去，空留下令人惆怅生情的棋盘，揭示出女主人公心中的空寂，出语含蓄。

下阕写追忆往日相聚的欢乐，更衬托别后的孤单凄苦。阕首从不知再次相聚会在何时，不少欢乐的往事将人缠绕搅得人心碎开始，下面铺写了三件生活小事，一步深似一步地刻画女主人公的心理活动，把无形的相思抒写得淋漓尽致、触手可及。它们的顺序是先写"秦筝依旧"，再写"宝香薰被"，最后写"蝴蝶满园飞"。前两件事的写作技巧，一如上片中"寻棋局"所示，使用的是今昔相衬比，使悲与欢的感情更加鲜明的手法。"想秦筝依旧，尚鸣金屋。芳草连天迷远望，宝香薰被成孤宿。"大意是：这昔日男女主人公时时抚弄拨弹的秦筝，如今依然在眼前，那熟悉的悠扬清亮的筝声也似乎还绕梁不绝，但是伊人已去；放眼望去，芳草连天铺路，不见远行人在何方，这幅用宝香熏过的锦被为什么失去了往日的温暖，也只因伊人离去，如今的女主人是独眠孤宿。"芳草连天迷远望"之句夹在叙事之中，只是为了更加强调远行人已去，一对情侣天各一方的气氛。最后一件小事的抒写精彩无比，以其处在醒目的结尾位置，便起到为全篇增辉的效果。为什么"蝴蝶满园飞，无心扑"？为什么这种愁情"最苦"？这本是只可意会不可言传的通常小事，词人把它信手拈来，捕捉入词，便把女主人公被相思折磨得无情无味，连满园翩翩花间、上下翻飞的彩蝶，也引逗不起一点儿乐趣的情景，生动地描绘出来了。

该篇主要写男女之情，不仅铺叙物态，更能借物移情，使万物皆着我之色、皆抒我之情，曲尽其妙。

观　棋

【宋】陆　游

一枰翻覆①战枯棋，庆吊相寻喜复悲。

失马翁言良可信，牧猪奴戏②未妨为。

白蛇断处真成快③，黑帜空时又一奇④。

歛付⑤两衮来对酒，泠泠⑥听我诵新诗。

【注　释】

①翻覆：此指棋局反复无常，变化不定。

②牧猪奴戏：是对赌博的鄙称。出自《晋书·陶侃传》："樗蒲者，牧猪奴戏耳！"

③"白蛇"句：意为白棋蛇阵被断。

④"黑帜"句：意为黑棋城池失守，丧地失目。用韩信以汉帜换赵帜事。

⑤敛付：收藏棋子付与（奁中）。

⑥泠泠（líng）：声音清脆。

▌作者名片▐

陆游（1125年—1210年），字务观，号放翁。越州山阴（今浙江绍兴）人，南宋著名诗人。少时受家庭爱国思想熏陶，高宗时应礼部试，为秦桧所黜。孝宗时赐进士出身。中年入蜀，投身军旅生活，官至宝章阁待制。晚年退居家乡。创作诗歌今存9000多首，内容极为丰富。著有《剑南诗稿》《渭南文集》《南唐书》《老学庵笔记》等。

〔赏析〕

人有七情六欲，人生亦应当具有丰富的色彩。就围棋来说，沉溺其间不能自拔固然可悲，可简单片面地以妨日费事为由，一本正经拒不染指，也未免迂腐可笑。陆游作为一个忧国忧时、心怀黎元的著名爱国诗人，竟也时时遣情枰间，自诩"牧猪奴戏未妨为"，若韦曜有知，真不知要做何感想了。

贺新郎①·国脉微如缕

【宋】刘克庄

实之三和有忧边之语②，走笔答之。

国脉微如缕。问长缨何时入手，缚将戎主③？未必人间无好汉，谁与宽些尺度？试看取当年韩五④。岂有谷城公⑤付授，也不干曾遇骊山母⑥。谈笑起，两河路⑦。

少时棋枰曾联句⑧。叹而今登楼揽镜⑨，事机频误。闻说北风吹面急，边上冲梯屡舞。君莫道投鞭虚语，自古一贤能制难⑩，有金汤便可无张许⑪？快投笔，莫题柱⑫。

【注 释】

①贺新郎：词牌名。又名《金缕歌》《金缕曲》《金缕词》《乳燕飞》《贺新凉》等。双调一百十六字，上下片各十句，六仄韵。余为变格。

②三和：用原韵第三次作词唱和。忧边之语：忧虑边境被敌人（指蒙古军）侵犯的话。

③戎主：敌人的首领。

④韩五：南宋抗金名将韩世忠，排行第五，人称韩五。

⑤谷城公：亦称黄石公。传说汉代张良曾于谷城山下遇仙人传授兵书。

⑥骊山母：一作黎山老母，道教传说中的女仙。传说唐朝李筌曾在骊山下遇一老母为他讲解《阴符》秘文。

⑦两河路：指宋代行政区划河北东路和河北西路，即今河北、山西、河南部分地区。

⑧联句：两人或多人各作一句或两句，组合成一首诗，谓联句。

⑨登楼揽镜：上楼照镜，慨叹功业未建，人已衰老。

⑩制难：挽回危难的局势。

⑪ 金汤："金城汤池"的省语，比喻坚固的防御工事。张许：张巡和许远，唐代安史之乱时死守睢阳的名将。

⑫题柱：汉代司马相如过成都升仙桥，曾在桥柱上题字说："不乘高车驷马，不过此桥。"

【译 文】

用原韵第三次作词唱和王实之，有忧虑边境被敌人侵犯的话，回笔疾书回答这件事。

国家命脉日渐衰弱，不知何时才能请得长缨，将敌方首领擒缚？人间自有降龙伏虎的好汉，只是无人不拘一格任用人才。如不信，看看南宋初年的抗金名将韩世忠吧。他并没有经过谷城公那样的名师传授指点，也不曾遇到过像骊山圣母那样的神仙传授法术，可他一样能在谈笑之中指挥大军，在河北以东西两路军大败金兵。

我年轻的时候，也曾在军营中一边下棋一边联句。可现在人老了，登楼远望，已力不从心，多次误了从军的机会。听说北面蒙古骑兵来势汹汹，进攻时利用的冲梯，屡次狂舞于边城。不要再大谈空想而不以身抗敌，自古以来，用一个贤能的人，就能解除国家的危难。假如没有像张巡、许远这样的良将，即使有坚固的城池，也不能久守。有志儿郎，不要再发无聊呻吟，赶快投笔从戎，不要再想用文辞来博得高官厚禄了！

〔赏析〕

这首词是作者和朋友王实之六首唱和词中的第四首。上片以韩世忠为例，提出在大敌当前时，应放宽尺度，重用人才；下片抚今追昔，指出国势垂危的情况下，不应幻想依靠天险，而应依靠能拯世扶倾的英雄。全词感情丰沛流畅，词句凝练有力，用典精妙自然，意气风发、朗朗上口。

"国脉微如缕"，一个"缕"字，让人想起飘忽不定、一触即断的游丝，想起"千钧一发"的危急。一个极形象的比喻，说明国家的命脉实在已经衰微不堪。于是发一声问："不知何时才能请得长缨，将敌方首领擒缚？"当时，蒙古贵族屡屡攻宋，南宋王朝危在旦夕，但统治者却不思进取，嫉贤妒能。头三句的劈空而下，将形势的紧迫、统治者的麻木不仁、请缨报国之志士的热忱尽情表达了出来，纸上铮铮有声。

接着，作者抒发任人唯贤的议论。以"未必"二字起句，道出了作者的自信，人间自有降龙伏虎的好汉，只是无人不拘一格任用人才。如不信，试看南宋初年的抗金名将韩世忠吧。他在兄弟中排行第五，年轻时有"泼韩五"的诨号，出身行伍，既没有名师传授，也未遇神仙指点，但是却能在谈笑之间大战两河，成为抗金名将。有了这些名将贤相，"国脉微如缕"的惨状也就有扭转的可能了。

接着又连用西汉张良遇谷城公（即黄石公）传授《太公兵法》

和唐将李筌得骊山老母讲解《阴符经》而俱立大功的两个典故，来说明即使没有承授与凭借，照样也可以保家卫国建立功勋。作者频频使用"问""未必""试看取""岂……也……"等词，增加了感染力，而且一气呵成，逻辑严密，虎虎有生气。这种宏论高议，将诗的语言和情感发出，更具一种动人的力量。刘词议论化、散文化和好用典故的特点，于此可见一斑。

下片，作者进而联系到自己的遭遇。"棋枰联句"，表达作者报国从军的夙愿。但这一宏愿都成了过去的梦了。登楼远望，揽镜自照，伤感一事无成，痛心国势日非，愁肠百转、感慨万千。一声长叹，将那长期以来怀才不遇、屡屡丧失杀敌报国之机的心情，尽数迸发了出来。

烈士暮年，壮心不已。下边两句，将当时边境上疾风扑面、黑云压城的情景生动地描绘了出来。北风，暗指北来的蒙古兵，它既点出了入犯的方向，也渲染了入犯者带来的杀伐之气。敌方进攻用的冲梯，屡次狂舞于边城，蒙古军队攻势的凶猛和情势的危急，由此可见一斑。金汤，指坚固的防御工事，张许指张巡、许远，安史之乱时，他们坚守睢阳，坚贞不屈。大敌当前，假如没有像张巡、许远这样的良将，即使有坚固的城池，也不能久守。"汉拜郅都，匈奴避境；赵命李牧，林胡远窜。则朔方之它危，边域之胜负，地方千里，制在一贤。"（《旧唐书·突厥传》载卢俌上唐中宗疏中语）这里再次提到了任人唯贤的重要性。

作者以反问句式写出上面两句，有理有据，足以服人。接着，作者大声疾呼："好汉们，不需再计较个人得失，不需发无聊之呻吟，赶快投笔从戎，共赴国难吧！"这是对爱国志士的期望，也是和王实之共勉。这两句句短气促，喷涌而出，极富鼓舞力量。

此词慷慨陈词，议论风发，笔力雄壮，又极尽抑扬顿挫之致；运用了大量典故，自然贴切，蕴义丰富。这是宋末词坛上议论化、散文化与形象性、情韵美相结合的代表作。

朝中措·东山棋墅①

【宋】周密

桐阴薇影小阑干。昼永琐窗闲。当日清谭②赌墅，风流犹记东山。

犀奁象局，惊回槐梦，飞霄生寒。自有仙机活著，未应袖手旁观。

【注 释】

①东山棋墅：即谢安赌棋墅。
②清谭：即玄谈、玄言。魏晋时期崇尚虚无、空谈名理的一种风气。

作者名片

周密（1232年—1298年），字公谨，号草窗，又号四水潜夫、弁阳老人、华不注山人，南宋词人、文学家。祖籍济南，流寓吴兴（今浙江湖州）。宋德右间为义乌县（今年内属浙江）令。入元隐居不仕。自号四水潜夫。他的诗文都有成就，又能诗画音律，尤好藏弃校书，一生著述较丰。著有《齐东野语》《武林旧事》《癸辛杂识》《志雅堂要杂钞》等杂著数十种。其词远祖清真，近法姜夔，风格清雅秀润，与吴文英并称"二窗"，词集名《频洲渔笛谱》《草窗词》。

〔赏析〕

起首二句实写棋墅外貌，次二句发思古之幽情。换头一路虚写，处处双关，眼前景和当年事互为表里。末二句既是自谓，技痒情兴留连不舍，又是慕古，追想谢安出山及淝水之战事。

鹦鹉曲①·山亭②逸兴

【元】冯子振

　　嵯峨③峰顶移家住，是个不唧溜④樵父。烂柯时树老无花，叶叶枝枝风雨。故人曾唤我归来，却道不如休去。指门前万叠云山，是不费青蚨⑤买处。

【注 释】

①鹦鹉曲：曲牌名。一名"黑漆弩"，又名"学士吟"。《太平乐府》注正宫。双调五十四字，前段四句三仄韵，后段四句两仄韵。
②山亭：山中的亭子，代指隐士栖游之所。
③嵯峨：山势高峻。
④不唧溜：不伶俐，不精明。
⑤青蚨：即钱。

作者名片

　　冯子振（1253年—1348年），元代散曲名家，字海粟，自号瀛洲洲客、怪怪道人，湖南攸县人。自幼勤奋好学。元大德二年（1298年）登进士及第，时年47岁，人谓"大器晚成"。朝廷重其才学，先召为集贤院学士、待制，继任承事郎，连任保宁（今四川境内）、彰德（今河南安阳）节度使。晚年归乡著述。世称其"博洽经史，于书无所不记"，且文思敏捷。下笔不能自休。一生著述颇丰，传世有《居庸赋》《十八公赋》《华清古乐府》《海粟诗集》等书文，以散曲最著。

译 文

　　家搬到嵯峨的峰巅居住，是一个并不地道的山野樵夫，每日里与围棋为伍。相伴的是不开花的千年老树，风雨摧折枝叶扶疏。老朋友曾劝我再回归宦海，我说那里远远不如我这山居。你看这门前万叠青翠山峦和满空缤纷彩云，是不要花钱买的最美的住处。

[赏析]

冯子振在散曲方面极有天赋，这首曲子通过叙述闲逸生活，表达他的高洁追求。这首散曲以"山亭逸兴"作为第一首，更是直白地道出了他远离官场而归隐山林的心愿。首句"嵯峨峰顶移家住，是个不唧溜樵父"介绍了这首曲子的主人公，一个受人尊敬的老樵夫，从别处迁居到这险峻的峰顶居住。"不唧溜"，表明他对采樵一事并不精通。

"烂柯时树老无花，叶叶枝枝风雨。"描述了老樵夫在山中的生活。"烂柯"出自《述异记》里的一个典故。此典故用在这里用以说明老樵夫闲逸的生活状态如神仙一般。但是，他的物质条件并没有神仙那么美好，伴随他的只是不会开花的老树，残枝落叶，于风雨中飘摇。

这段形象生动的描述，表面上是写老樵夫的生活，实则是作者在表明心志：无论山中的物质生活多么凄苦，不管山中有多少毒蛇猛兽，我依然愿意过着归隐的生活，不愿回到那富贵的名利场中，所以接下来作者在曲中写道："故人曾唤我归来，却道不如休去。指门前万叠云山，是不费青蚨买处。"老樵夫的朋友不忍他一人在山中受苦，所以来叫他回去过那俗世间富足的生活，但是老樵夫并不愿意，他觉得山中固然贫苦，但那官场中的争名夺利更加让人痛苦不堪，所以他指着门前的高耸入云的群山，对他的朋友说："你看，这里的风景，这里的一切都不需要用金钱去买，也不需要用权力去争夺。"到此处，老樵夫淡泊名利的形象跃然纸上。

冯子振在这首散曲中用凝练生动的语言营造了含蓄悠远的氛围，有力地刻画了老樵夫这一丰满的艺术形象，充分展示了归隐山林的士大夫们逍遥清高的情怀。无论在艺术手法还是在思想上，这首曲词都达到了较高的水准，无愧为散曲中的名作。

水仙子·夜雨

【元】徐再思

一声梧叶一声秋，一点芭蕉一点愁，三更①归梦②三
更后。

落灯花③，棋未收，叹新丰④逆旅淹留。

枕上十年事，江南⑤二老⑥忧，都到心头。

【注　释】

①三更：指夜半时分。
②归梦：回家的梦。
③灯花：灯芯余烬结成的花形。
④叹新丰：化用马周困新丰的典故。据《新唐书·马周传》记载，唐初中书令马周贫贱时，
　曾住在新丰的旅舍。店主人不理睬他，备受冷落。新丰：地名，在今陕西省临潼东北。
⑤江南：指作者自己的家乡，即浙江嘉兴一带。
⑥二老：父母双亲。

作者名片

　　徐再思（约1280年—1330年），元代散曲作家。字德可，曾任嘉
兴路吏，因喜食甘饴，故号甜斋。浙江嘉兴人，生卒年不详，与贯云石
为同时代人，今存所作散曲小令约100首。作品与当时自号酸斋的贯云
石齐名，称为"酸甜乐府"。后人任讷又将二人散曲合为一编，世称《酸
甜乐府》，收有他的小令103首。

译　文

　　梧桐叶上的每一滴雨，都让人感到浓浓的秋意。一声声滴落在芭蕉
叶上的嘀嗒雨声，都使得愁思更浓。夜里做着的归家好梦，一直延续到
三更之后。灯花落下，棋子还未收，叹息又将滞留在这新丰客舍。十年
宦海奋斗的情景，江南家乡父母的担忧，一时间都涌上了心头。

[赏析]

　　这是一首悲秋感怀之作，不但写伤秋的情怀，也包含了羁旅的哀怨，更有对父母的挂念。作者先写秋叶和秋雨勾起了心里的烦愁。梧桐落叶声声似乎提醒人秋天来了，雨点打在芭蕉叶上也仿佛都在人心上不停地增添愁怨。三更才勉强入眠，不过三更就又醒来了，连一个好梦都没法做成。摆起棋盘，独自下棋消遣，灯花落尽，棋局仍未撤去。深叹客旅他乡，十年一觉黄粱梦，功名未成；而父母留在家中，又未得回去服侍尽孝。这种种的烦忧一齐涌上心头，让人愁思百结，感慨不已。全曲语言简洁，风格自然清雅，意境优美。

满庭芳·樵

【元】赵显宏

　　腰间斧柯，观棋曾朽，修月曾磨。不将连理①枝梢锉，无缺钢多。不饶过猿枝鹤窠，惯立尽石涧泥坡。还参破，名缰利锁②，云外放怀歌。

【注　释】

　　①连理：花木异株而枝干通连。
　　②名缰利锁：喻受名利的牵绊、禁囿。

作者名片

　　赵显宏（约1320年前后在世），字不详，号学村，里居。与孙周卿同时代。工散曲，所作有和李伯瞻的殿前欢四支，今犹存。

译 文

这樵夫腰间的斧子不同寻常，斧柄曾因观看仙人下棋而朽坏，斧面则为修月的需要磨得铮亮。他从不去破坏连理的树木，利钢的锋刃自不会损伤。猿猴攀立的枝条再险，野鹤筑巢的大树再高，他都施展身手，从不轻放。那崎岖的石涧，那泞滑的泥坡，他已司空见惯，站立得稳稳当当。他看破了浮名虚利，不受欲念的影响。白云外畅怀高歌，坦坦荡荡。

[赏析]

作者赞美樵夫，不仅是因为他是生活的强者，更是出于他在精神上的超越。"还参破，名缰利锁，云外放怀歌"，就活脱脱地表现出了一位蔑视名利、傲睨尘俗的高士形象。"云外"二字意兼虚实，既表樵夫的实际处所，又表现出他的脱俗风神。元曲中常有对"不识字烟波钓叟"的赞美向慕，本篇这位"放怀歌云外樵夫"，是足以与之比并的。

寄赠吴门故人

【明】 汪琬

遥羡风流顾恺之①，爱翻新曲复残棋②。
家临绿水长州苑③，人在青山短簿祠④。
芳草渐逢归燕后，落花已过浴蚕时⑤。
一春不得陪游赏，苦恨蹉跎满鬓丝。

【注 释】

①顾恺之：东晋时无锡人，博学多才。

②复残棋：下棋老手在棋枰上棋子完局后，能再摆出原来某一阶段的残局。

③长州苑：在苏州西南，春秋时吴王阖闾游猎处。

④短簿祠：《吴郡志》："短簿祠在虎丘云岩寺。寺本晋东亭献穆公王珣及其弟珉之宅，珉居桓温征西府时号'短主簿'，俗因以名其祠。"

⑤"芳草"二句：写春季景物。《农政全书》："二月十二日浴蚕，以菜花、野菜花、韭花、桃花、白豆花揉诸水中，而浴之。"浴蚕：指古时用盐水选蚕种。

作者名片

汪琬（1624年—1691年），字苕文，号钝庵，初号玉遮山樵，晚号尧峰，小字液仙。长州（今江苏苏州）人，清初官吏学者、散文家，与侯方域、魏禧合称明末清初散文"三大家"。顺治十二年进士，康熙十八年举鸿博，历官户部主事、刑部郎中、编修，有《尧峰诗文钞》《钝翁前后类稿、续稿》。

译 文

钦慕顾恺之卓尔不群，悠闲地过着谱制新曲，复录棋局的隐居生活。

家在绿水之畔长州苑，人能在青山之边短簿祠徜徉。

芳草逐渐青绿，正逢归来的燕子；百花凋谢落地，已过了浴蚕的时节。

整整一个春天不能游山玩水，遗憾只能任苦闷白了双鬓。

赏析

所谓"吴门故人"，是指作者的挚友顾苓。他在明亡之后隐居不仕，吟赏山水，棋曲自娱，颇得人生乐趣。相反，作者汪琬却羁身宦途，不能尽游赏之乐。

　　这首诗首联先引用"吴门故人"，表现对顾苓所选择的隐居生涯的钦羡之情。颔联写顾苓隐居地的名胜，再进一步抒发自己对顾苓的羡慕与向往。颈联则紧承上联，从季节景物入手，又写顾苓隐居生活所具有的盎然生机。尾联最后表达出作者对仕途生活厌倦、悔恨情感的直接表白。

满庭芳·堠雪翻鸦

【清】纳兰性德

　　堠雪翻鸦，河冰跃马，惊风吹度龙堆①。阴磷②夜泣，此景总堪悲。待向中宵起舞，无人处、那有村鸡。只应是，金笳③暗拍，一样泪沾衣。

　　须知今古事，棋枰胜负，翻覆如斯④。叹纷纷蛮触⑤，回首成非。剩得几行青史，斜阳下、断碣残碑。年华共，混同江⑥水，流去几时回。

【注　释】

① "堠雪"三句：堠，古代瞭望敌情之土堡，或谓记里程的土堆。龙堆，沙漠名，即白龙堆。《汉书·匈奴传》扬雄谏书云："岂为康居、乌孙能逾白龙堆而寇西边哉！"注："孟康曰：'龙堆形如土龙身，无头有尾，高大者二三丈，埤者丈，皆东北向，相似也，在西域中。'"
② 阴磷：即阴火，磷火之类，俗谓鬼火。

③金笳：指铜笛之类。笳，古代北方民族的一种乐器，类似笛子。

④"须知"三句：谓要知道古今的世事犹如棋局，或胜或负，翻覆无常。

⑤蛮触：《庄子·则阳》："有国于蜗之左角者，曰触氏；有国于蜗之右角者，曰蛮氏。时相与争地而战，伏尸数万。"后有"触蛮之争"之语，意谓由于极小之事而引起了争端。白居易《禽虫十二章》之七："蝤蛑杀敌蚊巢上，蛮触之争蜗角中。"

⑥混同江：指松花江。

作者名片

纳兰性德（1655年—1685年），满洲人，字容若，号楞伽山人，清代最著名词人之一。其诗词"纳兰词"在清代以至整个中国词坛上都享有很高的声誉，在中国文学史上也占有光彩夺目的一席。他生活于满汉融合时期，其贵族家庭兴衰具有关联于王朝国事的典型性。虽侍从帝王，却向往经历平淡。特殊的生活环境背景，加之个人的超逸才华，使其诗词创作呈现出独特的个性和鲜明的艺术风格。流传至今的《木兰花令·拟古决绝词》："人生若只如初见，何事秋风悲画扇？等闲变却故人心，却道故人心易变。"富于意境，是其众多代表作之一。

译 文

乌鸦从被大雪覆盖的土堡上飞过，凛冽的寒风吹过大漠，此时我正骑着骏马踏过结冰的河面。鬼火在夜空中闪烁，仿佛冤魂在哭泣。想要学古人闻鸡起舞，而这里寂寥无人，村鸡也无处寻找。只听得金笳声声，不由得伤怀落泪，泪湿衣襟。

要知道古往今来，胜败得失都如棋局上的拼斗一样，胜负无常。可叹人们拼命相争，什么都剩不下。即使获胜，也只不过徒留几行青史和夕阳下残破石碑上的碑文罢了。年华如同这松花江水一般飞速流逝，流去之后不知道什么时候才能够回来。

[赏析]

唐柳宗元有"满庭芳草积"句，唐吴融有"满庭芳草易黄昏"句，故此调名之缘有或柳诗或吴诗之不同说法。此调又名《锁阳台》《江南好》《话桐乡》《满庭霜》《转调满庭芳》《潇湘夜雨》《满庭花》等。有不同体格，俱为双调。本首为其一体，上、下片各十句，共九十五字。各片之第三、五、七、十句押韵，均平声韵。此篇前景后情，以赋法铺写。其下片全为议论，虽不免质实，但气势壮观，真情四射，仍是生动感人的。上片前五句景语，写古战场的荒寒阴森，以"总堪悲"绾住。下句转进，先说有"中宵起舞"的爱国之心，但"那有村鸡"一句折转，表明无由以报，徒增伤感。再接以金笳声声烘托，则更令人添悲增慨。下片承前之情之景转为议论，表达了满怀哀怨和痛苦。诗人以为"古今事"都是虚无的、短暂的，古来的一切纷争，一切功业，到头来除了"剩得几行青史""断碣残碑"之外，余皆成空。这虽是消极的意绪，但从中亦可窥见诗人长期积于心中的苦情。这种"苦情"，有人认为是纳兰对家族被灭往事的隐恨（见黄天骥《纳兰性德和他的词》）。可备一说。

于中好[①]·小构园林寂不哗

【清】纳兰性德

小构园林寂不哗，疏篱曲径仿山家[②]。昼长吟罢风流子[③]，忽听楸枰[④]响碧纱。

添竹石[⑤]，伴烟霞[⑥]。拟凭樽酒[⑦]慰年华。休嗟[⑧]髀里今生肉，努力春来自种花。

【注 释】

①于中好：即《鹧鸪天》，词牌名。双调五十五字，前后阕各三平韵，一韵到底。上片第三、四句，下片第一、二句一般要求对仗。也是曲牌名。

②山家：山野人家。

③风流子：词牌名，原唐教坊曲名，分单调、双调两体。单调三十四字，仄韵。双调又名《内家娇》。

④楸枰（qiū píng）：棋盘，古时多用楸木制作，故名。响：棋子落盘的声音，即敲棋声。

⑤竹石：竹与石。

⑥烟霞：指山水自然。

⑦樽（zūn）酒：意即杯酒。

⑧休嗟：休叹。嗟：感叹声。髀（bì）里今生肉：因长久不骑马，大腿上的肉又长起来了。意为不要叹老嗟卑，自寻苦恼。

译 文

小小的园林一片寂静而不喧哗，稀疏的篱笆和曲折的小径都仿照着山野人家的样式。白天在这里吟唱《风流子》，到了晚上可以听到碧纱窗里传出棋子落盘的声音。

添加一些竹子和石头，来衬托山水的自然风光。准备在这里用酒来度过年华，不要感叹会在安逸舒适的生活中无所作为，等来年春天来到时，亲自在这里种植花草。

〔赏析〕

上片描写了隐者悠闲自适的生活情景。"小构园林寂不哗，疏篱曲径仿山家"，纳兰心中向往的疏篱曲径，在朱门富贵的府邸是否有安身之处。疏篱山径，本是寻常人家。这人间再普通不过的场景却是被模仿之物。物以稀为贵，如大观园里的"杏帘在望""一畦春韭绿，十里稻花香"。权相明珠府邸，山家之景不过是借景取意，雅俗同乐，不得作真。而于纳兰而言，那牢笼中的疏篱曲径似植于金丝笼边的野花，纵使不能翱翔长空，尽情歌唱，至少可以用以观天，用以记忆对自由的向往，用以维持对平淡生活的渴望。"昼长吟罢风流子"，纳兰便是到了荒山村野也离不开一份诗意的栖居。"忽听楸枰响碧纱"，楸枰响碧，应是清脆的金石之音。"烟雨湖山六朝梦，英雄儿女一枰棋"，黑白子的围棋没有被现代人的游戏无情取代，而是裹挟着一个个过去的时代的黄沙，仍游走于世间。纳兰的生活中怎能没有棋，就在这一角楸枰中，纳兰悟得功名不过虚妄，悟得幽居山间的乡野之乐。

下片说如果再加以竹石和这烟霞的相伴，便是得到了人间的全福。"添竹石，伴烟霞。拟凭樽酒慰年华"，与太白斗酒诗百篇不同，纳兰杯中酒难解万古愁，樽酒一杯，聊寄年华。不知纳兰是否想到苏东坡，想到李白，举杯消愁愁更愁。纳兰的精神家园显然不在错综复杂的井野，他需要一个单纯的地方来滋养诗情画意的灵魂，不知已入红尘的纳兰能否舍下这些繁华，小隐于野。"休嗟髀里今生肉，努力春来自种花"，年华不再，壮志未酬，此时的纳兰已不再是那个一心考取功名的青涩少年了。十几年，纳兰经历人的生离，魂的死别，见惯了月的阴晴圆缺，人的悲欢离合，还有什么放不开的？纳兰的心早已奔波疲倦，对于那些八千里路云与月，他没有力气回头观望。倦鸟尚知还，纳兰需要的是一方余田，倚着闲窗静静地品尝着这半生交加的苦忆。花田下，一人执锄，行孤芳自赏。或学陶渊明，东皋临啸，清泉赋诗。花木成林时，等到百鸟争来，平添了几分情趣。

全词描绘了纳兰理想中的隐逸生活：竹篱、小径、饮酒、下棋，最重要的是与知心好友一起吟诗作对。这首词虽然明快，读起来却有点令人伤心，甚至会不由想到以纳兰容若所拥有的一切，要达成这样一点小小的梦想竟然也是艰难的。

春日偶吟

【清】袁枚

拢袖观棋有所思，分明楚汉①两举时。
非常欢喜非常恼，不看棋人总不知。

【注 释】

①楚汉：在象棋的棋盘中间，有一空隙区，上写有"楚河""汉界"，作为红方和黑方的分界线，这里是以下棋比喻历史上项羽与刘邦之间的一场楚汉相争。

作者名片

袁枚（1716 年－1798 年），汉族，字子才，号简斋，晚年自号仓山居士、随园主人、随园老人，清代诗人、散文家、文学评论家，钱塘（今浙江杭州）人。袁枚倡导"性灵说"，主张诗文审美创作应该抒写性灵，要写出诗人的个性，表现其个人生活遭际中的真情实感，与赵翼、蒋士铨合称为"乾嘉三大家"（或江右三大家），又与赵翼、张问陶并称"性灵派三大家"，为"清代骈文八大家"之一。文笔与大学士纪昀齐名，时称"南袁北纪"。主要著作有《小仓山房文集》《随园诗话》《随园诗话补遗》《随园食单》《子不语》《续子不语》等。散文代表作有《祭妹文》，古文论者将《祭妹文》与唐代韩愈的《祭十二郎文》并提。

译 文

拢起袖子静静地观看别人下棋若有所思，下棋的双方分明就是楚汉两军对峙。这其中真正的高兴与苦恼，不是棋迷是体会不到的。

[赏析]

　　这是一首即景诗，诗中描绘了一位观棋者全神贯注的形象，刻画了棋迷有时欢欣有时焦急的心理状态，写来栩栩如生，惟妙惟肖，不尽之意犹在言外。诗的第一句描写了观看下棋时的神态，第二句揭示了对局紧张气氛的原因，最后两句写感受。全诗风格平易自然，语言浅近通俗。

附 录

美人宫棋

【唐】张籍

红烛台前出翠娥，海沙铺局巧相和。
趁行移手巡收尽，数数看谁得最多。

〔作者简析〕

张籍（约766年—830年），字文昌，唐代诗人，和州乌江（今安徽和县乌江镇）人。先世移居和州，遂为和州乌江（今安徽和县乌江镇）人。世称"张水部""张司业"。张籍为韩愈大弟子，其乐府诗与王建齐名，并称"张王乐府"。代表作有《秋思》《节妇吟》《野老歌》等。

夜看美人宫棋

【唐】王建

宫棋布局不依经，黑白分明子数停。
巡拾玉沙天汉晓，犹残织女两三星。

〔作者简析〕

　　王建（768年—827年），字仲初，颍川（今河南许昌）人。大历十年进士。授渭南尉，调昭应县丞，长期沉沦下僚，文宗时官终陕州司马，世称"王司马"。后归居咸阳原。诗工乐府，与张籍齐名。所作"宫词"百首别具一格，在传统宫怨题材之外，又广泛地描绘宫中风物。今存《调笑令》词四首，情韵凄怨悠长。有《王司马集》。

棋

【唐】贯休

棋信无声乐，偏宜境寂寥。
着高图暗合，势王气弥骄。
人事掀天尽，光阴动地销。
因知韦氏论，不独为吴朝。

〔作者简析〕

　　贯休（832年—912年），俗姓姜，字德隐，婺州兰溪（今浙江兰溪市游埠镇仰天田）人。唐末五代前蜀画僧、诗僧。7岁出家和安寺，日读经书千字，过目不忘。唐天复间入蜀，被前蜀主王建封为"禅月大师"，赐以紫衣。贯休能诗，诗名高节，宇内咸知。尝有句云："一瓶一钵垂垂老，万水千山得得来。"时称"得得和尚"。有《禅月集》存世。亦擅绘画，尤其所画罗汉，更是状貌古野，绝俗超群，笔法坚劲，人物粗眉大眼，丰颊高鼻，形象夸张，所谓"梵相"。在中国绘画史上，有着很高的声誉。存世《十六罗汉图》，为其代表作。

送 棋 客

【唐】 陆龟蒙

满目山川似势棋，况当秋雁正斜飞。
金门若召羊玄保，赌取江东太守归。

〔作者简析〕

　　陆龟蒙（？—881年），唐代农学家、文学家，字鲁望，别号天随子、江湖散人、甫里先生，江苏吴县人。曾任湖州、苏州刺史幕僚，后隐居松江甫里，编著有《甫里先生文集》等。他的小品文主要收在《笠泽丛书》中，现实针对性强，议论也颇精切，如《野庙碑》《记稻鼠》等。陆龟蒙与皮日休交友，世称"皮陆"，诗以写景咏物为多。

咏棋子赠弈僧

【唐】 张乔

黑白谁能用入玄，千回生死体方圆。
空门说得恒沙劫，应笑终年为一先。

寄棋客

【唐】郑谷

松窗楸局稳，相顾思皆凝。

几局赌山果，一先饶海僧。

覆图闻夜雨，下子对秋灯。

何日无羁束，期君向杜陵。

棋

【唐】 裴说

十九条平路，言平又险巇。
人心无算处，国手有输时。
势迥流星远，声干下雹迟。
临轩才一局，寒日又西垂。

〔作者简析〕

　　裴说，桂州（今广西桂林）人。唐哀帝天佑三年（906年）丙寅科状元及第。该科进士二十五人。考官为吏部侍郎薛廷珪。少逢唐末乱世，奔走江西、湖南等地，自叹"避乱一身多"，识者悲之。屡行卷，久不第。至哀帝天佑三年（906年），方以状元及第。与曹松、王贞白、诗僧贯休、处默为友。后梁时，累迁补阙，终礼部员外郎。与弟裴谐皆有诗名，诗风近贾岛，苦吟有奇思。

酬孝甫见赠十首（其七）

【唐】 元稹

无事抛棋侵虎口，几时开眼复联行。
终须杀尽缘边敌，四面通同掩大荒。

〔作者简析〕

元稹（公元779年—831年），字微之，河南府东都洛阳（今河南洛阳）人，唐朝著名诗人、文学家、宰相。元稹的创作，以诗成就最大。其乐府诗创作，多受张籍、王建的影响，而其"新题乐府"则直接缘于李绅。代表作有传奇《莺莺传》《菊花》《离思五首》《遣悲怀三首》等。

杂题二首（其一）

【唐】司空图

棋局长携上钓船，杀中棋杀胜丝牵。

洪炉任铸千钧鼎，只在磻溪一缕悬。

〔作者简析〕

司空图（837年—908年），字表圣，河中虞乡（今山西永济）人。唐咸通十年（869年）登进士第。归隐于中条山王官谷，自号知非子、耐辱居士，日与名僧高士游咏其中。他的诗文成就颇高。所作《诗品》对后世影响极大。有《司空表圣文集》等传世。

观　棋（其二）

【唐】子兰

拂局尽消时，能因长路迟。

点头初得计，格手待无疑。

寂默亲遗景，凝神入过思。

共藏多少意，不语两相知。

〔作者简析〕

　　子兰（生卒年不详），唐末诗僧，与张乔同时，曾以文章供奉内廷。僖宗时在长安。能诗，有《僧子兰诗》一卷。《全唐诗》存诗一卷。

弈棋绝句二首

【宋】洪炎

其一

新愁遣闷只围棋，病不衔杯亦废诗。

对局萧然两无语，个中君子有争时。

其二

鹭落寒江鸦点汀，晴窗飞雹击槃声。

方圆动静随机见，清簟疏帘眼倍明。

子平棋负茶墨小章督之

【宋】文同

睡忆建茶斟潋滟，
画思兖墨泼淋漓。
可怜二物俱无有，
记得南堂棋胜时。

蝶恋花·和鲁如晦围棋

【宋】王之道

玉子纹楸频较路。胜负等闲，休冶黄金注。黑白斑斑乌间鹭。明窗净几谁知处。

偪剥声中人不语。见可知难，步武⑥来还去。何日挂冠⑦宫一亩⑧。相从识取棋中趣。

〔作者简析〕

王之道（1093年—1169年），字彦猷，庐州濡须人。生于宋哲宗元祐八年，卒于孝宗乾道五年，年77岁。善文，文风明白晓畅，诗亦真朴有致。为人慷慨有气节。宣和六年（1124年）登进士第。对策极言燕云用兵之非，调历阳丞。绍兴和议初成，之道方通判滁州，力陈辱国非便。大忤秦桧意，谪监南雄盐税。坐是沦废者二十年。后累官湖南转运判官，以朝奉大夫致仕。之道著有相山集三十卷，《四库总目》相山词一卷，《文献通考》传于世。

望江南（观棋作）

【宋】张继先

楸枰静，黑白两奁均。山水最宜情共乐，琴书赢得道相亲。一局一番新。

松影里，经度几回春。随分也曾施手段，争先还恐费精神。长是暗饶人。

〔作者简析〕

　　张继先（1092 年—1127 年），字嘉闻，又字道正，号翛然子，北宋末著名道士，正一天师道第三十代天师。元符三年（1100 年）嗣教，宋徽宗赐号"虚靖先生"。靖康二年（1127 年）羽化，年仅 36 岁，葬安徽天庆观。元武宗追封其为"虚靖玄通弘悟真君"。张继先终生未娶，无子，有《虚靖语录》七卷。张继先的思想影响了心学大师陆九渊。北宋末雷法大兴，天师派张继先天师、林灵素真人、王文卿真人及南宗陈楠真人均为雷法有名的代表人物。

宫　词

【宋】赵佶

忘忧清乐在枰棋。仙子精攻岁未笄。
窗下每将图局按，恐妨宣召较高低。

〔作者简析〕

　　赵佶（1082 年—1135 年），即宋徽宗，北宋皇帝，书画家。1100 年—1125 年在位。在位期间政治昏庸，生活奢靡，国势日下。1125 年金兵南侵，他传位于子（宋钦宗），1127 年与钦宗同被金兵掳至北方。工书法，真书号"瘦金体"。擅画花鸟，富丽精工。曾敕命编纂《宣和书谱》《宣和画谱》等。有《真草千字文》书迹与《芙蓉锦鸡图》等存世。

棋

【宋】 陈与义

长日无公事，闲围李远棋。
傍观真一笑，互胜不移时。
幸未逢重霸，何妨着献之。
晴天散飞雹，惊动隔墙儿。

〔作者简析〕

　　陈与义（1090 年—1138 年），字去非，号简斋，汉族，其先祖居京兆，自曾祖陈希亮迁居洛阳，故为宋代河南洛阳人（现在属河南）。他生于宋哲宗元祐五年（1090 年），卒于南宋宋高宗绍兴八年（1138 年）。北宋末，南宋初年的杰出诗人，同时也工于填词。其词存于今者虽仅十余首，却别具风格，尤近于苏东坡，语意超绝，笔力横空，疏朗明快，自然浑成，著有《简斋集》。

顷创棋色之论邦衡深然之
明日府中花会戏成二绝

【宋】 周必大

局势方迷棋有色，歌声不发酒无饮。
明朝一彩定三赛，国手秋唇双牡丹。

醉红政不妨文饮，呼白从来要助欢。
棋色应同三昧色，牡丹何似九秋丹。

〔作者简析〕

周必大（1126年—1204年），字子充，一字洪道，自号平园老叟。原籍管城（今河南郑州），至祖父周诜时居吉州庐陵（今江西省吉安县永和镇周家村）。南宋著名政治家、文学家，"庐陵四忠"之一。开禧三年（1207年），赐谥文忠，宁宗亲书"忠文耆德之碑"。周必大工文辞，为南宋文坛盟主。与陆游、范成大、杨万里等都有很深的交情。著有《省斋文稿》《平园集》等80余种，共200卷。

织锦棋盘

【宋】楼钥

锦城巧女费心机，织就一枰如许齐。
仿佛回文仍具体，纵横方罫若分畦。
烂柯未易供仙弈，画纸何须倩老妻。
如欲拈棋轻且称，当求白象与乌犀。

〔作者简析〕

楼钥（1137年—1213年），南宋大臣、文学家。字大防，又字启伯，号攻媿主人，明州鄞县（今属浙江宁波）人。楼璩的三子，有兄长楼锡、楼钖，与袁方、袁燮师事王默、李鸿渐、李若讷、郑锷等人。隆兴元年（1163年）进士及第。大定九年（1169年），随舅父贺正旦使汪大猷出使金朝。嘉定六年（1213 年）卒，谥宣献。袁燮写有行状。有子楼淳、楼蒙（早夭）、楼潚、楼治，皆以荫入仕。历任官职温州教授、乐清知县、翰林学士、吏部尚书兼翰林侍讲、资政殿学士、知太平州。乾道年间，以书状官从舅父汪大猷使金，按日记叙途中所闻，成《北行日录》。

八岁女善棋

【宋】 刘镇

慧点过男子，娇痴语未真。

无心防敌手，有意恼诗人。

得路逢师笑，输机怕父嗔，

汝还知世事，一局一回新。

〔作者简析〕

刘镇，宋广州南海人，字叔安，号随如。宁宗嘉泰二年进士。以诖误谪居三山三十年。性恬淡，士大夫皆贤之。工诗词，尤长于诗，明白清润，为时所推。有《随如百咏》。

棋

【宋】刘克庄

十年学弈天机浅，技不能高谩自娱。

远听子声疑有着，近看局势始知输。

危如巡远支孤垒①，狭似孙刘保一隅②。

未肯人间称拙手，夜斋明烛按新图。

[作者简析]

刘克庄（1187年—1269年），南宋诗人、词人、诗论家。字潜夫，号后村。福建莆田人。宋末文坛领袖，辛派词人的重要代表，词风豪迈慷慨。在江湖诗人中年寿最长，官位最高，成就也最大。晚年致力于辞赋创作，提出了许多革新理论。

输　棋

【宋】方岳

半崦山云旧草堂，鸟啼花落几平章。

酒无贤圣同归醉，风有雌雄各自凉。

赖与鸥盟同保社，吵随蚁垤梦侯王⑥。

未偿诗债逢棋敌，谁信闲人最得忙。

〔作者简析〕

　　方岳（1199年—1262年），南宋诗人、词人。字巨山，号秋崖。祁门（今属安徽）人。绍定五年（1232年）进士，以工部郎官充任赵葵淮南幕中参议官。调知南康军。因触犯湖广总领贾似道，被移治邵武军。后知袁州，因得罪权贵丁大全，被弹劾罢官。后复被起用知抚州，又因与贾似道的旧嫌而取消任命。

绮寮怨·月下残棋

【宋】鞠华翁

　　又见花阴如水，两心犹未平。正坐久、主客成三，空无语、影落楸枰。千年人间事业，垂成处、一著容易倾。便解围、小住何妨，机锋在，瞬息天又明。

　　甚似汉吴对营。纷纷不了，孤光照彻连城。又似残星，向零落，有余情。姮娥笑人迟暮，念才力，底须争。从亏又成。何人正听隔壁声⑥。

〔作者简析〕

　　鞠华翁，吉水（今属江西）人。

又送前人琴棋书画四首（其二）

【宋】文天祥

我爱商山茹紫芝，逍遥胜似橘中时。

纷纷玄白方龙战，世事从他一局棋。

〔作者简析〕

　　文天祥（1236年—1283年），字履善，又字宋瑞，自号文山，浮休道人。吉州庐陵（今江西吉安县）人，南宋末大臣，文学家，民族英雄。宝祐四年（1256年）进士，官至右丞相兼枢密使。被派往元军的军营中谈判，被扣留。后脱险经高邮毓庄到泰县塘湾，由南通南归，坚持抗元。祥兴元年（1278年）兵败被张弘范停虏，在狱中坚持斗争三年多，后在柴市从容就义。著有《过零丁洋》《文山诗集》《指南录》《指南后录》《正气歌》等作品。

观 棋

【宋】罗公升

秋风动江皋，吹落鸥鹭影。

先生江湖心，收作目中景。

庭深树阴好，门掩禽语静。

一声寂寞中，恍若隔人境。

胸中兵十万，临敌暇且整。

敛之塞成皋，纵去举鄢郢。

仆方栖会稽，蹇足未得骋。

中原倘相逢，亦有凭轼请。

[作者简析]

　　罗公升，字时翁，一字沧洲，永丰（今属江西）人。宋末以军功授本县尉。大父开礼从文天祥勤王，兵败被擒，不食死。宋亡，倾资北游燕、赵，与宋宗室赵孟荣等图恢复，不果。回乡隐居以终。有《无名集》《还山稿》《抗尘集》《痴业集》《北行卷》等，后人合为《沧洲集》五卷。事见本集附录刘辰翁《宋贞士罗沧洲先生诗叙》，清同治《永丰县志》卷二四有传。罗公升诗以清金氏文瑞楼钞《宋人小集六十八种·宋贞士罗沧洲先生集》为底本，校以影印文渊阁《四库全书·宋百家诗存·沧洲集》（简称四库本）。

解 棋

【宋】艾性夫

两雄相持机不发，一着输先智相轧。
退守皆虞虎穴空，通和不肯鸿沟割。
危枰已属堕甑里，巧势争看强弩末。
疲思嘿嘿鬼神寂，密运茫茫天地阔。
悍鸡趁斗不暇哸，骏马争驰各忘秣。
鸷禽睥睨欲高举，罝兔迷离思远脱。
死中求生背水阵，灰冷复焚余烛跋。
白登倏报沛公走，阏与俄闻赵师活。
傍观骇服算入妙，对局虚骄气方夺。
人生胜负何可期，生达难欺死诸葛。
推枰一笑拍阑干，满袖松风凉泼泼。

〔作者简析〕

　　艾性夫（《四库全书》据《江西通志》做艾姓，并谓疑传刻脱一夫字），字天谓。江西东乡（今属江西抚州）人。元朝讲学家、诗人。与其叔艾可叔、艾可翁齐名，人称"临川三艾先生"。生卒年均不详，约元世祖至元中前后在世。艾性夫诗，以影印文渊合《四库全书》本为底本，酌校《诗渊》所录诗。新辑集外诗编为第三卷。

忆王孙·谢安棋墅

【宋】 张炎

　　争棋赌墅意欣然，心似游丝扬碧天。只为当时一著玄，笑苻坚，百万军声屐齿前。

〔作者简析〕

　　张炎（1248年—1320年），字叔夏，号玉田，晚年号乐笑翁。祖籍陕西凤翔。其六世祖张俊，宋朝著名将领；父张枢，"西湖吟社"重要成员，妙解音律，与著名词人周密相交。张炎是勋贵之后，前半生居于临安，生活优裕，而宋亡以后则家道中落，晚年漂泊落拓。著有《山中白云词》，存词302首。张炎另一重要的贡献在于创作了中国最早的词论专著《词源》，总结整理了宋末雅词一派的主要艺术思想与成就，其中以"清空""骚雅"为主要主张。

少年游·戏友人与女子对弈

【宋】刘铉

石榴花下薄罗衣，睡起却寻棋。未省高低，被伊春笋，拈白了琉璃。

铷脱钗斜浑不省，意重子声迟。对面痴心，只愁收局，肠断欲输时。

〔作者简析〕

　　刘铉（1394年—1458年），字宗器，别号假庵，长州（今江苏苏州）人。永乐十七年以善书征入翰林，笔法温媚，推重一时。次年中顺天府举人，授中书舍人，预修三朝实录，历教习庶吉士，景帝立，历侍讲学士、国子监祭酒，天顺元年进少詹事，卒于官。谨于言行，谥文恭。好学不辍，工诗善文，有《文恭公诗集》。著有《名山藏》《弇州续稿》其子刘瀚为官，亦能守父训。

浣溪沙（和仲闻对棋）

【宋】舒亶

黑白纷纷小战争。几人心手斗纵横。谁知胜处本无情。

谢傅老来思别墅，杜郎闲去忆鏖兵。何妨谈笑下辽城。

〔作者简析〕

　　舒亶（1041年—1103年），字信道，号懒堂，慈溪（今属浙江）人。治平二年（1065年）试礼部第一，即状元（进士及第），授临海尉。神宗时，除神官院主簿，迁秦凤路提刑，提举两浙常平。后任监察御史里行，与李定同劾苏轼，是为"乌台诗案"。进知杂御史、判司农寺，拜给事中，权直学士院，后为御史中丞。崇宁元年（1102年）知南康军，京以开边功，由直龙图阁进待制，翌年卒，年六十三。《宋史》《东都事略》有传。今存赵万里辑《舒学士词》一卷，存词50首。

戏张子厚

【宋】孔平仲

子厚夸善棋，益我以五黑。其初示之赢，良久出半策。

波冲与席卷，揉攘见败北。我师如玄云，汗漫满八极。

子厚若残雪，点点无几白。是时秋风高，万里鹰隼击[6]。

鹙鹭伏深枝，顾视颇丧魄[7]。勒铭亭碑阴[8]，所以诧[9]棋客。

〔作者简析〕

　　孔平仲（1044年—1111年），北宋文学家、诗人，孔子后裔。字毅父，临江新淦（今江西新干）人。孔平仲是北宋中后期著名的文臣，与二兄孔文仲、孔武仲"以文章名世"（《宋诗钞》），嘉祐、治平年间连续三科顺次登进士第，元祐初同入朝为官，声名卓著，时号"三孔"。有黄庭坚称："二苏（苏轼、苏辙）联璧，三孔分鼎"之誉。著有《续世说》《孔氏谈苑》《珩璜新论》等。《清江三孔集》四十卷中，孔平仲占二十一卷。

谢安石弈棋图

【元】王恽

其一

百万秦师①未易摧，动容无复捷音来。

入门偶折登山齿，一矫②论公恐妄猜。

其二

江东③全倚谢家安，雅量形容对弈间。

胜负自初成算在，风声何赖八公山④？

〔作者简析〕

　　王恽（yùn）（1227年—1304年），字仲谋，号秋涧，卫州路汲县（今河南卫辉市）人。元朝著名学者、诗人兼政治家。一生仕宦，刚直不阿，清贫守职，好学善文，成为元世祖忽必烈、元裕宗真金和元成宗皇帝铁穆耳三代著名谏臣。其书法道婉，与东鲁王博文、渤海王旭齐名。著有《秋涧先生全集》。散曲创作，今存小令41首。大德八年六月二十日，在汲县去世，终年七十八岁。

安南春夜观棋赠世子

【元】徐明善

绿沧庭院月娟娟，人在壶中小有天。

身共一枰红烛底，心游万仞碧霄边。

谁能唤醒迷魂着，赖有旁观袖手仙。

战胜将骄兵所忌，从新局面恐防眠。

〔作者简析〕

　　徐明善，德兴人，字志友，号芳谷。8岁能文。世祖至元年间任隆兴教授，又为江西儒学提举。尝奉使安南。历聘江浙湖广三省考试，拔黄于落卷中。以文学名。有《芳谷集》。

对弈小景

【元】刘平叟

坐对楸枰日似年，湖光如画柳如烟。
眼前局面从机巧，输与山林一着林。

[作者简析]

刘平叟，永嘉平阳（今属浙江）人，官至监税。

四皓围棋图

【元】黄溍

当局沈吟只谩劳，区区胜败直秋毫。
颠嬴蹶项非君事，赖有安刘末著高。

〔作者简析〕

　　黄溍（1277年—1357年），字晋卿，一字文潜，婺州路义乌（今浙江义乌）人，元代著名史官、文学家、书法家、画家。他文思敏捷，才华横溢，史识丰厚。一生著作颇丰，诗、词、文、赋及书法、绘画无所不精，与浦江的柳贯、临川的虞集、豫章的揭傒斯，被称为元代"儒林四杰"。他的门人宋濂、王祎、金涓、傅藻等皆有名于世。

石棋子

【元】周之翰

棋子湾头千丈涡，沉星出世恐无多。

自惭黑白分明见，天巧团圆不用磨。

本与闲人消日月，却教平地起风波。

不如煮作仙人供，更觅山中烂斧柯。

〔作者简析〕

　　周之翰，字申请，自号易痴道人、细林山人。瑞安（今属浙江）人。博极群书，尤精《易》学。

醉赠相子先（有引）

【元】王逢

子先名礼，素精弈，比学黄大痴画，辄逼真。近登凤山，睹予旧所题名，因作图见寄。既解后旅次，及饮之酒，赠之歌云。

老生不能臣诸侯，却来题名凤山头。

霜晴木脱壁峭立，鸦儿大字淋漓秋。

于是陈邵隐佘薛，遥睇中原心耳热。

两人既仕李河南，雁断鹃啼荣梦歇。

迎承弈相游兹山，三复旧记松萝间。

野僧有待碧纱护，画图已自传人寰。

君本家西河，钟秀西湖曲。

龙城倚高寒，雁荡濯深渌。

华亭道阻泛雪船，乘鳎鲈买梅花前。

青衣童保进斗酒，解后意气凌吴天。

好将金城图略上天子，回首共访巴园仙。

[作者简析]

王逢（1319年—1388年），元明间常州府江阴人，字原吉。元至正中，作《河清颂》，台臣荐之，称疾辞。避乱于淞之青龙江，再迁上海乌泥泾，筑草堂以居，自号最闲园丁。辞张士诚征辟，而为之划策，使降元以拒朱氏。明洪武十五年以文学录用，有司敦迫上道，坚卧不起。自称席帽山人。诗多怀古伤今，于张氏之亡，颇多感慨。有《梧溪诗集》七卷，记载元明之际人才国事，多史家所未备。

观弈图

【明】 高启

错向山中立看棋，家人日暮待薪炊。
如何一局成千载？应是仙翁下子迟。

[作者简析]

高启（1336年—1373年），江苏苏州人，元末明初著名诗人，与杨基、张羽、徐贲被誉为"吴中四杰"，当时论者把他们比作"明初四杰"，又与王行等号"北郭十友"。字季迪，号槎轩，平江路（明改苏州府）长州县（今江苏省苏州市）人；洪武初，以荐参修《元史》，授翰林院国史编修官，受命教授诸王。擢户部右侍郎。苏州知府魏观在张士诚宫址改修府治，获罪被诛。高启曾为之作《上梁文》，有"龙蟠虎踞"四字，被疑为歌颂张士诚，连坐腰斩。有《高太史大全集》《凫藻集》等。

观　棋

【明】吴　宽

高楼残雪照棋枰，坐觉窗间黑白明。

袖手自甘终日饱，苦心谁惜两雄争？

豪鹰欲击形还匿，怒蚁初交阵已成。

却笑面前歧路满，苏张何事学纵横。

〔作者简析〕

　　吴宽（1435 年—1504 年），字原博，号匏庵、玉亭主，世称匏庵先生。直隶长州（今江苏苏州）人。明代名臣、诗人、散文家、书法家。

题四皓弈棋图

【明】朱　纯

一局残棋尚未终，白头何事到青宫？

不应千里冥飞翼，却堕留侯智网中。

金陵后观棋

【明】钱谦益

寂寞枯枰响沉寥，秦淮秋老咽寒潮。
白头灯影凉宵里，一局残棋见六朝。

围棋铭

【东汉】李尤

诗人幽忆，感物则思。

志之空闲，玩弄游竟。

局为宪矩，棋法阴阳。

道为经纬，方错列张。

[作者简析]

东汉广汉雒人，字伯仁。少以文章显。和帝时，侍中贾逵荐尤有司马相如、扬雄之风，拜兰台令史。安帝时迁谏议大夫，受诏与刘珍等撰《汉记》。帝废太子为济阴王，尤上书谏。顺帝立，迁乐安相。卒年83。

期王炼师不至

【唐】秦系

黄精蒸罢洗琼杯，林下从留石上苔。

昨日围棋未终局，多乘白鹤下山来。

多　虞

【唐】郑谷

多虞难住人稀处，近耗浑无战罢棋。
向阙归山俱未得，且沽春酒且吟诗。

送宋处士归山

【唐】许浑

卖药修琴归去迟，山风吹尽桂花枝。

世间甲子须臾事，逢著仙人莫看棋。

[作者简析]

许浑（约791年—858年），字用晦（一作仲晦），唐代诗人，润州丹阳（今江苏丹阳）人。晚唐最具影响力的诗人之一，其一生不作古诗，专攻律体；题材以怀古、田园诗为佳，艺术则以偶对整密、诗律纯熟为特色。唯诗中多描写水、雨之景，后人拟之与诗圣杜甫齐名，并以"许浑千首湿，杜甫一生愁"评价之。成年后移家京口（今江苏镇江）丁卯涧，以丁卯名其诗集，后人因称"许丁卯"。许诗误入杜牧集者甚多。代表作有《咸阳城东楼》。

五言奉和咏棋应诏（其一）

【唐】许敬宗

鱼丽新整阵，鹳雉忽予先。

入围规破眼，略野务开边。

分行渐云布，乱点逐星连。

胜是精神得，非关品格悬。

[作者简析]

　　许敬宗（592 年—672 年），字延族，杭州新城人，唐朝宰相，隋朝礼部侍郎许善心之子。隋大业年间中秀才，后担任书佐。其父许善心被杀之后投奔瓦岗军，被李密任命为记室。李密兵败之后投奔唐朝，补涟州别驾，秦王李世民问其才学召为秦府学士，贞观八年（634 年）任著作郎、监修国史，不久迁中书舍人。咸亨元年（670 年）以特进的身份退休。咸亨三年（672 年）去世，时年 81 岁。赠开府仪同三司，谥曰缪。著有文集 80 卷，今编诗 27 首。

五言奉和咏棋应诏（其一）

【唐】刘子翼

一枰位才设，两敌智俱申。

势危翻效古，行险乍为新。

称征非御寇，言劫讵侵人。

欲知情虑审，鸿雁不留神。

〔作者简析〕

　　刘子翼，字小心，常州晋陵人。生年不详，卒于唐高宗永徽初。善吟咏，有学行。隋大业初，历秘书监。柳巧甚重之。性峭直，尝面折朋僚短长，退无余訾。李百药尝曰："刘四虽复骂人，人都不恨。"贞观元年，诏追入京，以母老固辞，诏许终养。江南道巡察使李袭誉嘉其孝，表所居为孝慈里。母卒服终，召拜吴王府功曹参军。再迁著作郎弘文馆学士，预修晋书，加朝散大夫。子翼著有文集二十卷，（旧唐书志作十卷。此从新唐书志及旧唐书本传）行于世。

因许八奉寄江宁旻上人

【唐】杜甫

不见旻公三十年，封书寄与泪潺湲。
旧来好事今能否，老去新诗谁与传。
棋局动随寻涧竹，袈裟忆上泛湖船。
闻君话我为官在，头白昏昏只醉眠。

〔作者简析〕

唐肃宗乾元元年（758年），杜甫在左拾遗任上，时唐肃宗排挤旧臣，杜甫颇受压抑，虽心忧国家，却无法施展抱负，陷于满腹牢骚无可奈何之中，遂作此诗寄给旧友旻上人。

从诗里我们不仅可以欣赏到赋诗、泛舟、寻涧的快乐场面；还可以了解到青年的杜甫就很会下围棋。据说这个旻上人后来就以善弈而著称。也许青年杜甫可谓豪气干云，追逐时尚，诗词歌赋，琴棋书画，样样在行。那是一种无忧无虑，充满希望与幻想的美妙时光。尔后，他游历南京，听"桨声灯影里的秦淮河"；登天姥，体会"越女天下白，鉴湖五月凉"；荡舟但剡溪，亲近秀丽仙景，贮存万卷诗书。就这样，"快意八九年"，方才"西归到咸阳"。

其实，杜家一脉，不仅有"诗是吾家事"的文化传统，而且更有偏爱围棋的家道修养。他的爷爷杜审言（645年—708年）在初唐时就是大诗人，大棋迷。他曾在一首诗中不自觉地写到："弹弦奏节梅风入，对局探钩柏酒传。"（《守岁侍宴应制》）

最妙的是，喜欢围棋且年轻时棋力不弱的杜甫，毅然放弃围棋棋艺的天纵之才。也许，他的眼界从纵横十九道的纹枰上升华，扩展，进而关注天下，成为以关注社稷苍生为己任的"忧国忧民"的诗圣。所以，正是基于他怀着"至君尧舜上，再使风俗淳"的伟大理想抱负，从而也使他与小巧玲珑的木野狐擦肩而过。他力图用他的"惊天地，泣鬼神"的笔，书写伟大的诗歌。围棋终于只能成为交友，休闲的一种娱乐方式。

咏方圆动静

【唐】李泌

方如棋局，圆如棋子。
动如棋生，静如棋死。

玉京词

【唐】刘言史

绝景寥寥日更迟，人间甲子不同时。
未知樵客终何得，归后无家是看棋。

〔作者简析〕

刘言史（约 742 年—813 年），唐代诗人，藏书家，赵州邯郸人。约公元 742 年至 813 年间，约自唐玄宗天宝元年至宪宗元和八年间在世。少尚气节，不举进士。与李贺同时，工诗，美丽恢赡，自贺外世莫能比。亦与孟郊友善。初客镇襄，尝造节度使王武俊。武俊好词艺，特加敬异。卒后，葬于襄阳。孟郊作歌哭之。言史著有歌诗六卷，《新唐书艺文志》传于世。曾旅游金陵、潇湘、岭南等地。王武俊任成德军节度使时，颇好文学，为之请官，诏授枣强县令，世称"刘枣强"，但未就任。

锦江陪兵部郑侍郎话诗著棋

【唐】李洞

落叶溅吟身，会棋云外人。
海枯搜不尽，天定著长新。
月上分题遍，钟残布子匀。
忘餐二绝境，取意铸陶钧。

〔作者简析〕

　　李洞，字才江人，诸王孙也。慕贾岛为诗，铸其像，事之如神。时人但诮其僻涩，而不能贵其奇峭，唯吴融称之。昭宗时不第，游蜀卒。诗3卷。晚唐诗人李洞有170余首诗歌（残句六句）流传至今，其中涉及蜀中的诗篇约有30首，占其创作总量的六分之一，足见蜀中经历在其诗歌创作中占有的重要地位。

观 棋

【唐】子兰

拂局尽消时，能因长路迟。点头初得计，格手待无疑。
寂默亲遗景，凝神入过思。共藏多少意，不语两相知。

〔作者简析〕

　　子兰（生卒年不详），战国时楚国令尹。芈姓，名子兰（又作阑）。楚怀王子，顷襄王弟。

闲夜二首（其一）

【唐】司空图

道侣难留为虐棋，邻家闻说厌吟诗。

前峰月照分明见，夜合香中露卧时。

[作者简析]

　　司空图（837年—908），字表圣，河中虞乡（今山西永济）人。唐咸通十年（869年）登进士第。归隐中条山王官谷，自号知非子、耐辱居士，日与名僧高士游咏其中。他诗文成就颇高。所作《诗品》对后世影响极大。有《司空表圣文集》等传世。

送棋待诏朴球归新罗

【唐】张乔

海东谁敌手，归去道应孤。阙下传新势，船中覆旧图。

穷荒回日月，积水载寰区。故国多年别，桑田复在无。

和郑谷郎中看棋

【唐】齐己

个是仙家事，何人合用心。几时终一局，万木老千岑。
有路如飞出，无机似陆沈。樵夫可能解，也此废光阴。

棋

【唐】高荨

野客围棋坐，耆颐向暮秋。
不言如守默，设计似平雠。
决胜虽关勇，防危亦合忧。
看他终一局，白却少年头。

[作者简析]

高荨（?—933年），五代时青州益都人，登进士第。后唐明宗天成间，秦王李从荣辟为河南府推官，后为咨议参军。长兴四年，从荣叛，荨与谋。从荣败，荨逃窜民家，又落发为僧，寻被逮伏诛。善诗，时与诸名士唱和，与诗僧齐己往还尤多。有《昆玉集》《丹台集》，皆佚。

小游仙诗九十八首（其十五）

【唐】曹唐

白石山中自有天，竹花藤叶隔溪烟。
朝来洞口围棋了，赌得青龙直几钱。

〔作者简析〕

曹唐，唐代诗人。字尧宾。桂州（今广西桂林）人。生卒年不详。初为道士，后举进士不第。咸通（860年—874年）中，为使府从事。曹唐以游仙诗著称，其七律《刘晨阮肇游天台》《织女怀牵牛》《萧史携弄玉上升》等17首，世称"大游仙诗"。《唐才子传》称他："作《大游仙诗》50篇"，则当有遗佚。其七绝《小游仙诗九十八首》，尤为著名。

将入匡山宿韩判官宅

【唐】贯休

一宿兰堂接上才，白雪归去几裴回。

黛青峰朵孤吟后，雪白猿儿必寄来。

帘卷茶烟萦堕叶，月明棋子落深苔。

明朝江上空回首，始觉清风不可陪。

〔作者简析〕

贯休（832年—912年），俗姓姜，字德隐，婺州兰溪（今浙江兰溪市游埠镇仰天田）人。唐末五代前蜀画僧、诗僧。七岁出家和安寺，日读经书千字，过目不忘。唐天复间入蜀，被前蜀主王建封为"禅月大师"，赐以紫衣。贯休能诗，诗名高节，宇内咸知。尝有句云："一瓶一钵垂垂老，万水千山得得来。"时称"得得和尚"。有《禅月集》存世。

亦擅绘画，尤其所画罗汉，更是状貌古野，绝俗超群，笔法坚劲，人物粗眉大眼，丰颊高鼻，形象夸张，所谓"梵相"。在中国绘画史上，有着很高的声誉。存世《十六罗汉图》，为其代表作。

禅院弈棋偶题

【唐】吴融

裹尘丝雨送微凉，偶出樊笼入道场。

半偈已能消万事，一枰兼得了残阳。

寻知世界都如梦，自喜身心甚不忙。

更约西风摇落后，醉来终日卧禅房。

〔作者简析〕

　　吴融，唐代诗人。字子华，越州山阴（今浙江绍兴）人。吴融生于唐宣宗大中四年（850年），卒于唐昭宗天复三年（903年），享年五十四岁。他生于晚唐后期，一个较前期更为混乱、矛盾、黑暗的时代，他死后三年，曾经盛极一时的大唐帝国也就走入历史了，因此，吴融可以说是整个大唐帝国走向灭亡的见证者之一。

秋 雨

【唐】温庭筠

云满鸟行灭，池凉龙气腥。斜飘看棋簟，疏洒望山亭。
细响鸣林叶，圆文破沼萍。秋阴杳无际，平野但冥冥。

〔作者简析〕

　　温庭筠（约812年—866年），唐代诗人、词人。本名岐，字飞卿，太原祁（今山西祁县东南）人。富有天才，文思敏捷，每入试，押官韵，八叉手而成八韵，所以也有"温八叉"之称。然恃才不羁，又好讥刺权贵，多犯忌讳，取憎于时，故屡举进士不第，长被贬抑，终生不得志。官终国子助教。精通音律。工诗，与李商隐齐名，时称"温李"。其诗辞藻华丽，秾艳精致，内容多写闺情。其词艺术成就在晚唐诸词人之上，为"花间派"首要词人，对词的发展影响较大。在词史上，与韦庄齐名，并称"温韦"。存词七十余首。后人辑有《温飞卿集》及《金奁集》。

和友人

【唐】韦庄

闭门同隐士，不出动经时。静阅王维画，闲翻褚胤棋。
落泉当户急，残月下窗迟。却想从来意，谯周亦自嗤。

〔作者简析〕

　　韦庄（约836年—约910年），字端己，长安杜陵（今中国陕西省西安市附近）人，晚唐诗人、词人，五代时前蜀宰相。文昌右相韦待价七世孙、苏州刺史韦应物四世孙。韦庄工诗，与温庭筠同为"花间派"代表作家，并称"温韦"。所著长诗《秦妇吟》反映战乱中妇女的不幸遭遇，在当时颇负盛名，与《孔雀东南飞》《木兰诗》并称"乐府三绝"。有《浣花集》十卷，后人又辑其词作为《浣花词》。《全唐诗》录其诗三百一十六首。

弈棋戏作

【宋】曹彦约

人皆吒物涤尘襟，我亦于棋了寸阴。
散诞不知身老大，从容聊与世浮沉。
诸君误作机关说，老子初无胜负心。
收拾定应全局在，清风明月照书林。

〔作者简析〕

　　曹彦约（1157年—1228年），南宋大臣，字简甫，号昌谷，南康军都昌（今属江西）人。淳熙八年进士。曾从朱熹讲学，后受人之召，负责汉阳军事，因部署抗金有方，改知汉阳军。后累官宝谟阁待制、知成都府。嘉定初，为湖南转运判官，镇压郴州（今湖南郴县）瑶民起义，后任利州路（今属陕西）转运判官兼知利州，发漕司储粮减价粜与饥民、通商蠲税，并论兵柄财权并列之弊。宝庆元年，擢为兵部侍郎，迁礼部侍郎，不久又授为兵部尚书，力辞不拜，后以华文阁学士致仕，卒谥"文简"。

和 棋

【宋】释宝昙

意适何曾较疾迟，战酣夜漏继朝晖。
骊山信有无双手，野老宁知第一机。
静等鱼龙潜夜壑，迅如鹰隼击秋围。
春风过尽花无数，我固无因客亦非。

〔作者简析〕

释宝昙（1129 年—1197 年），字少云，俗姓许，嘉定龙游（今四川乐山）人。幼习章句业，已而弃家从一时经论老师游。后出蜀，从大慧于径山、育王，又从东林卐庵、蒋山应庵，遂出世，住四明仗锡山。归蜀葬亲，住无为寺。复至四明，为史浩深敬，筑橘洲使居，因自号橘洲老人。宁宗庆元三年示寂，年69。释宝昙为诗慕苏轼、黄庭坚，有《橘洲文集》十卷。《宝庆四明志》卷九有传。宝昙诗，以日本东山天皇元禄十一年戊寅织田重兵卫仿宋刻本（藏日本内阁文库）为底本。集外诗附于卷末。

观棋绝句（其二）

【宋】邵雍

未去交争意，难忘黑白情。
一条平稳路，痛惜没人行。

[作者简析]

邵雍（1011年—1077年），字尧夫，生于范阳（今河北涿州大邵村），幼年随父邵古迁往衡漳（今河南林县康节村），天圣四年（1026年），邵雍16岁，随其父到共城苏门山，卜居于此地。后师从李之才学《河图》《洛书》与伏羲八卦，学有大成，并著有《皇极经世》《观物内外篇》《先天图》《渔樵问对》《伊川击壤集》《梅花诗》等。嘉祐七年（1062年），移居洛阳天宫寺西天津桥南，自号安乐先生。出游时必坐一小车，由一人牵拉。宋仁宗嘉祐与宋神宗熙宁初，两度被举，均称疾不赴。熙宁十年（1077年）病卒，终年67岁。宋哲宗元祐中赐谥康节。

王质观棋

【宋】顾逢

弈边忘日月，况复遇神仙。
石上无多著，人间几百年。
指枰如料敌，落子欲争先。
想尔腰柯烂，回头亦骇然。

〔作者简析〕

　　顾逢，宋吴郡人，字君际，号梅山樵叟。学诗于周弼，名居室为五字田家，人称顾五言。后辟吴县学官。有《船窗夜话》《负暄杂录》及诗集。

棋赌赋诗输刘起居

【宋】徐铉

刻烛知无取，争先素未精。本图忘物我，何必计输赢。
赌墅终规利，焚囊亦近名。不如相视笑，高咏两三声。

〔作者简析〕

　　徐铉，五代宋初文学家、书法家。字鼎臣，广陵（今江苏扬州）人。历官五代吴校书郎、南唐知制诰、翰林学士、吏部尚书，后随李煜归宋，官至散骑常侍，世称徐骑省。

闲夜围棋作

【宋】寇准

归山终未遂，折桂复何时。
且共江人约，松轩雪夜棋。

〔作者简析〕

莱国忠愍公寇准（961年—1023年），字平仲。汉族，华州下邽（今陕西渭南）人。北宋政治家、诗人。太平兴国五年进士，授大理评事，知归州巴东、大名府成安县。天禧元年，改山南东道节度使，再起为相（中书侍郎兼吏部尚书、同平章事、景灵宫使）。天圣元年（1023年）九月，又贬寇准衡州司马，是时寇准病笃，诏至，抱病赴衡州（今衡阳）任，病故于竹榻之上，妻子宋氏奏乞归葬故里。皇佑四年，诏翰林学士孙抃撰神道碑，帝为篆其首曰"旌忠"。寇准善诗能文，七绝尤有韵味，今传《寇忠愍诗集》三卷。

夜观汝溪二侄象棋四首（其一）

【宋】钱时

伏险藏机深复深，旁观袖手独沈吟。

忍将局上闲棋子，碍却怡怡兄弟心。

〔作者简析〕

钱时（1175年—1244年），字子是，号融堂，宋新安（治今安徽歙县）人，一说淳安县蜀阜人。

小酌元卫弟听雨

【宋】楼钥

小阁临流暑气清，藕花的的照人明。
移床更近栏边坐，要听棋声杂雨声。

〔赏析〕

楼钥（1137 年—1213 年），字大防，又字启伯，号攻媿主人，明州鄞县（今浙江宁波）人。南宋大臣、文学家，楼璩第三子。隆兴元年（1163 年），进士及第，授温州教授，迁起居郎兼中书舍人。韩侂胄被诛后，起为翰林学士，拜吏部尚书，迁端明殿学士。嘉定初年，同知枢密院事，升参知政事，授资政殿大学士，提举万寿观。嘉定六年（1213 年），卒，谥号宣献，赠少师。大定九年（1169 年），随舅父汪大猷出使金朝，按日记叙述途中所闻，写成《北行日录》。

次韵十诗·棋会

【宋】楼钥

归来乡曲大家闲，同社仍欣取友端。
无事衔杯何不可，有时会面亦良难。
少曾环坐坐长满，赖有主盟盟未寒。
琴弈相寻诗间作，笑谈终日有余欢。

游烂柯山

【宋】朱熹

局上闲争战，人间任是非。

空叫禾樵客，烂柯不知归。

〔作者简析〕

朱熹（1130年—1200年），字元晦，又字仲晦，号晦庵，晚称晦翁，谥文，世称朱文公。祖籍徽州府婺源县（今江西省婺源），出生于南剑州尤溪（今属福建省尤溪县）。宋朝著名的理学家、思想家、哲学家、教育家、诗人，闽学派的代表人物，儒学集大成者，世尊称为朱子。

朱熹的诗也是自成一派，而且纵观两宋时期的诗人，他完全可以称得上是一流，这首《游烂柯山》虽然名气并不是很大，可是写得又是极为有趣，通篇短短的四句，一共二十个字，却是营造出了一种独特的意境。

第一、二句写得很有趣，而且是立马点明了主题，没有任何的过度，"局上闲争战，人间任是非"，棋局上的争战，其实是两个闲人之间的战争，不过这也体现出了人间的是非，所以下棋也是犹如人生，看似是闲人的之间的较量，不过也体现出了智慧。这两句诗正是以典故中的情节为切入点，从而引起下面的两句，写得极为高明，也令这首诗更具有震撼力。

第三、四句更多的还是告诉了世人，生活在这个人世间，那就不应该去浪费时间，要珍惜生命里的每一分每一秒，"空叫禾樵客，烂柯不知归"，只有那砍柴的王质，才会停下来观看棋局，烂柯人早已不知回家的路，毕竟世上早已是过了一百年。在这最后一句中，诗人又再次阐明了自己的观点。

棋

【宋】宋伯仁

乱鸦飞鹭势纵横，对面机心岂易萌。

一著错时都是错，宁无冷眼看输赢。

〔作者简析〕

宋伯仁生卒年，湖州人，一作广平人，字器之，号雪岩。理宗嘉熙时，为盐运司属官。工诗，善画梅。有《西塍集》《梅花喜神谱》《烟波渔隐词》。

观弈篇

【宋】许及之

秉烛随者明，弈棋观者精。观者未必高于弈，只是不与黑白同死生。

天上神仙何所争，亦复于此未忘情。樵夫柯烂忽猛省，却与棋仙作机警。

千古未尽一局闲，岩草岩花自凄冷。呜呼圣主不弃刍荛言，弈棋复出亦必资傍观。

　　许及之（？—1209年），字深甫，温州永嘉（今浙江温州）人。孝宗隆兴元年（1163年）进士。淳熙七年（1180年）知袁州分宜县（明正德《袁州府志》卷六）。以荐除诸军审计，迁宗正簿。十五年，为拾遗。光宗受禅，除军器监、迁太常少卿，以言者罢。绍熙元年（1190年）除淮南东路运判兼提刑，以事贬知庐州。召除大理少卿。宁宗即位，除吏部尚书兼给事中。以谄事韩侂胄，嘉泰二年（1202年）拜参知政事，进知枢密院兼参政。韩败，降两官，泉州居住。嘉定二年卒。

观　棋

【宋】盛世忠

争先刘与项，得势楚侵秦。

本是知心友，翻成敌国人。

运筹争劫杀，败局在逡巡。

袖手旁观者，机深亦损神。

　　盛世忠生卒年，字景韩，清源（今山西清徐）人。今录诗十五首。主要作品有《病起书院偶成》《柴门》《观棋》《胡苇航寄古剑》《寄藏叟僧善珍》。

棋 友

【宋】李吕

閒寻十九路，坐断千万心。
运甓何为者，当知惜寸阴。

〔作者简析〕

李吕（1122年—1198年），生于宋徽宗宣和四年，卒于宁宗庆元四年，年77岁。端庄自重，记诵过人。年40，即弃科举。好治易，尤留意通鉴。教人循循善诱，常聚族百人，昕夕击鼓，聚众致礼享堂，不以寒暑废。吕著有《澹轩集》十五卷，《国史经籍志》传于世。

观 棋

【宋】陈宓

对面孙吴开两阵，乘机胡越竞操戈。
锱铢胜负何须较，喜败无人似老坡。

〔作者简析〕

陈宓（1171年—1230年），宋兴化军莆田人，字师复，号复斋。陈定弟。少从朱熹学。历泉州南安盐税，知安溪

县。宁宗嘉定七年，入监进奏院，上书
言时弊，慷慨尽言。迁军器监簿，又上
言指陈三弊。出知南康军，改南剑州，
救灾济民，多有惠政。后以直秘阁主管
崇禧观。有《论语注义问答》《春秋三
传抄》《读通鉴纲目》《唐史赘疣》等。

观 棋

【宋】 胡寅

平地纵横十九条，古今争向此中消。
乾坤二策归皇极，愚智殊途祖帝尧。
竞胜鲜能思自活，临机谁肯暂相饶。
旁观有著如当局，敢道今无国手超。

〔作者简析〕

　　胡寅（1098 年—1156 年），字明仲，学者称致堂先生，
宋建州崇安（今福建武夷山市）人，后迁居衡阳。胡安国弟胡
淳子，奉母命抚为己子，居长。秦桧当国，乞致仕，归衡州。
因讥讪朝政，桧将其安置新州。桧死，复官。与弟胡宏一起倡
导理学，继起文定，一代宗师，对湖湘学派的发展起了巨大作
用。著作还有《论语详说》《读史管见》《斐然集》等。

观　棋

【宋】强至

闹智不闹力，一枰思解围。

防人甚勍敌，平地有危机。

蜗角争先后，狼心竟是非。

傍观缩手者，往往见精微。

〔作者简析〕

　　强至（1022年—1076年），字几圣，杭州（今属浙江）人。仁宗庆历六年（1046年）进士，充泗州司理参军，历官浦江、东阳、元城令。英宗治平四年（1067年），韩琦聘为主管机宜文字，后在韩幕府六年。熙宁五年（1072年），召判户部勾院、群牧判官。熙宁九年（1076年），迁祠部郎中、三司户部判官。不久卒。其子强浚明收集其遗文，编《祠部集》四十卷，曾巩为之序，已佚。清代强汝询《求益斋文集》卷八《祠部公家传》有传。

长相思·春晚

【宋】黄升

惜春归。爱春归。脱了罗衣著贮衣。绿阴黄鸟啼。

酒醒时。梦醒时。清簟疏帘一局棋。丁东风马儿。

〔作者简析〕

　　黄升（生卒年不详），字叔旸，号玉林，又号花庵词客，建安（今属福建建瓯）人。不事科举，性喜吟咏。以诗受知于游九功，与魏庆之相酬唱。著有《散花庵词》，编有《绝妙词选》二十卷，分上下两部分，上部为《唐宋诸贤绝妙词选》十卷，下部为《中兴以来绝妙词选》十卷。附词大小传及评语，为宋人词选之善本。后人统称《花庵词选》。

梅 花

【宋】王令

晓枝开早未多稠，屡嗅清香不忍收。

万木已知春尽到，百花常负后来羞。

东风也合相和暖，腊雪无端欲滞留。

满眼萧疏正堪惜，莫将棋笛起人愁。

〔作者简析〕

　　王令（1032年—1059年），北宋诗人。初字钟美，后改字逢原。原籍元城（今河北大名）。5岁丧父母，随其叔祖王乙居广陵（今江苏扬州）。长大后在天长、高邮等地以教学为生，有治国安民之志。王安石对其文章和为人皆甚推重。有《广陵先生文章》《十七史蒙求》。

棋

【宋】丁谓

不假分曹进，非同博塞游。

谢安方料敌，祖纳正忘忧。

窥豹仙枰昼，迷风石海秋。

金门谁国手，一局赌宣州。

〔作者简析〕

　　丁谓（966年—1037年），字谓之，后更字公言。丁氏先祖是河北人，五代时迁居苏州。祖父丁守节，与范仲淹曾祖范梦龄同是吴越国中吴军节度使钱文

奉（钱镠之孙）的幕僚，任节度推官，遂为长州人。离京时，宋真宗特赐御诗七言四韵和五言十韵，"尤为盛事"。他同时兼任使持节苏州诸军事、苏州刺史、苏州管内观察处置堤堰桥道等使，又兼任知升州军州事。天禧初（1017年），以吏部尚书复参知政事。不久，拜同中书门下平章事，兼任昭文馆大学士、监修国史、玉清昭应宫使、平章事兼太子少师。乾兴元年（1022年），封为晋国公。显赫一时，贵震天下。

减字木兰花·棋枰响止

【宋】沈瀛

棋枰响止，胜负岂能全两喜？
不竞南风，忽尔三生六劫通。
客方对酒，一片捷音来自寿。
甚快人何？大胜呼卢百万多。

〔作者简析〕

沈瀛，字子寿，号竹斋，绍兴三十年进士。吴兴归安（今浙江湖州市）人。生卒年不详。绍兴三十年（1160年）进士。历官江州守（今江西九江）、江东安抚司参议。有《竹斋词》一卷，今存词八十余首。

自题山亭三首

【宋】徐铉

簪组非无累，园林未是归。世喧长不到，何必故山薇。
小舫行乘月，高斋卧看山。退公聊自足，争敢望长闲。
跂石仍临水，披襟复挂冠。机心忘未得，棋局与鱼竿。

〔作者简析〕

　　徐铉（916年—991年），北宋初年文学家、书法家。字鼎臣，广陵（今江苏扬州）人。历官五代吴校书郎、南唐知制诰、翰林学士、吏部尚书，后随李煜归宋，官至散骑常侍，世称徐骑省。淳化初因事贬静难军行军司马。曾受诏与句中正等校定《说文解字》。工于书，好李斯小篆。与弟徐锴有文名，号称"二徐"；又与韩熙载齐名，江东谓之"韩徐"。

万山寺

【宋】王遹

众状皆穷险，兹形独擅方。
坦夷中砥砺，端正外青苍。
上帝围棋局，炎君避暑床。
回嗟太行路，更近利名场。

棋

【元】胡奎

胜觉乘机早，输怜得子迟。
山中闲日月，只许烂柯知。

棋 声

【元】黄庚

何处仙翁爱手谈，时闻剥啄竹林间。
一枰子玉敲云碎，几度午窗惊梦残。
缓着应知心路远，急围不放耳根闲。
烂柯人去收残局，寂寂认亭石几寒。

〔作者简析〕

黄庚，字星甫，号天台山人，天台（今属浙江）人。出生宋末，早年习举子业。卒年八十余。晚年曾自编其诗为《月屋漫稿》。事见本集卷首自序及集中有关诗文。黄庚诗，以原铁琴铜剑楼藏四卷抄本（今藏北京图书馆）为底本。校以影印文渊阁《四库全书》本（简称四库本）。两本卷次不同，文字亦各有错讹空缺，而底本多出校本诗十余首。

棋

【元】李孝光

国手功名满世间，几多奇思上眉端。
人心险处千机变，局面危时一著安。
陈入乌江迷项羽，势穷赤壁走曹瞒。
近来黑白无分晓，输与樵翁冷眼看。

〔作者简析〕

　　李孝光（1285 年—1350 年），元代文学家、诗人、学者。初名同祖，字季和，号五峰，后代学者多称之"李五峰"。温州乐清（今属浙江）人。少年时博学，以文章负名当世。他作文取法古人，不趋时尚，与杨维桢并称"杨李"。早年隐居在雁荡五峰山下，四方之士，远来受学，名誉日广。至正七年（1347 年）应召为秘书监著作郎，至正八年擢升秘书监丞。至正十年（1350 年）辞职南归，途中病逝通州，享年 66 岁。著有《五峰集》20 卷。

棋

【明】郭登

怕死贪生错认真，运筹多少费精神。
看来总是争闲气，笑杀傍观袖手人。

〔作者简析〕

　　郭登（?-1472 年），字元登。濠州钟离临淮（今安徽凤阳临淮关镇）人。明朝名将，武定侯郭英之孙（一作曾孙）。

　　郭登诗才咨肆，其诗或沉雄浑厚，或委婉生动，语言平易而含义隽永，大都琅琅可诵。茶陵派领袖李东阳称其诗为明代武将之冠。曾与其父兄合著《联珠集》，今已佚。《皇明经世文编》有《郭定襄忠武侯奏疏》。

石棋局

【明】王履

弈仙何处石枰空，细细松阴婉婉风。
岂为商山难固蒂，共呼风雨上飞龙。

〔作者简析〕

王履（1080年—1127年），宋开封人，字坦翁。以父荫补三班奉职。哲宗元符间，因上书言朝政阙失，编管新州，徽宗崇宁中入元祐党籍。后复官。钦宗靖康元年，以和议副使出使金，不为所屈，归除相州观察使。又扈从钦宗至金营，遂同被执。后因痛骂金人被杀。

弈 枰

【清】玉保

一著谁能让，枰中莫苦寻。
不曾闻落子，何处有机心。
局外观常静，谈余数亦深。
自来疏坐稳，狡狯性难任。

〔作者简析〕

玉保，蒙古镶白旗人，乌朗罕济勒门氏。初为理藩院笔帖式，乾隆间累擢侍郎，迁正黄旗蒙古都统。旋率兵进攻阿睦尔撒纳，以师久无功逮治送京，死于途中。

观　棋

【唐】温庭筠

闲对楸枰倾一壶，黄华坪上几成卢。

他时谒帝铜龙水，便赌宣城太守无。

赠棋僧侣

【唐】张乔

机谋时未有，多向弈棋销。

已与山僧敌，无令海客饶。

静驱云阵起，疏点雁行遥。

夜雨如相忆，松窗更见招。

即　目

【唐】李商隐

小鼎煎茶面曲池，白须道士竹间棋。

何人书破蒲葵扇，记著南塘移树时。

无　题

【唐】李商隐

照梁初有情，出水旧知名。

裙衩芙蓉小，钗茸翡翠轻。

锦长书郑重，眉细恨分明。

莫近弹棋局，中心最不平。

闲　居

【唐】李远

尘事久相弃，沈浮皆不知。

牛羊归古巷，燕雀绕疏篱。

买药经年晒，留僧尽日棋。

唯忧钓鱼伴，秋水隔波时。

对棋与道源至草堂寺

【宋】王安石

北风吹人不可出，

清坐且可与君棋。

明朝投局日未晚，

从此亦复不吟诗。

与薛肇明弈棋赌梅花诗输一首

【宋】王安石

华发寻春喜见梅，一株临路雪倍堆。

凤城南陌他年忆，香杳难随驿使来。

再赋二首（其一）

【宋】洪炎

白日惟销一局棋，揽棋还诵李侯诗。

傍观不作千年计，会有局成柯烂时。

和邵兴宗棋声

【宋】文同

二客与棋酬，寒声满侧楸。

急因随行发，断为见迟休。

花下莺翻翼，林间鹤转头。

丁丁竹楼下，不独在黄州。

再赋弈棋五首（选四）

【宋】洪炎

其一

荆璞玉为子，井文楸作枰。

有求惟别墅，不喜得宣城。

跕跕飞鸢堕，丁丁伐木声。

破愁逢一笑，无地着亏成。

其二

祇园三月雨，碧涧一枰秋。

试问酒中趣，何如林下幽。

从他著虎口，寻我镇神头。

惟悟争先法，当机与手谋。

其三

不作丹朱戏，难禁清昼长。

敢言白玉局，聊取紫罗囊。

角道空传记，乘除自有方。

儿童争画纸，漫学老夫狂。

其四

眉山非快手，弈胜亦欣然。

变态一翻覆，几微系后先。

陶公虑太过，雪女慧堪怜。

张弛诚吾道，斯文许尔贤。

白鹤寺北轩围棋

【宋】 文同

祇园隐城角，开轩极幽邃。
日影转不到，居常抱秋气。
余兹度炎燠，一局忘万事。
扰扰门外人，谁知此中意。

观叔祖少卿弈棋

【宋】 黄庭坚

世上滔滔声利间，独凭棋局老青山。
心游万里不知远，身与一山相对闲。
夜半解围灯寂寞，樽前翻却酒阑珊。
因观胜负无常在，生死□□□不关。

夏日北榭赋诗弈棋欣然有作

【宋】 陆游

异事严州省见稀，幅巾阑角立多时。
青林白鸟自成画，急雨好风当有诗。
酷信医方逢酒怯，强驱吏牍坐衙迟。
悠然笑向山僧说，又得浮生一局棋。

观 棋

【宋】 苏轼

五老峰前，白鹤遗址。

长松荫庭，风日清美。

我时独游，不逢一士。

谁欤棋者？户外屦二。

不闻人声，时闻落子。

纹枰坐对，谁究此味。

空钩意钓，岂在鲂鲤。

小儿近道，剥啄信指。

胜固欣然，败亦可喜。

优哉游哉，聊复尔耳。

坚郑贵温棋社

【宋】 楼钥

二公休致我来归，尽可同裁隐士衣。

此已屡谋登竹所，君其无吝造城扉。

人间厌见手翻覆，乐处但当颐指挥。

凉气一新宜近酒，盍簪莫似向来稀。

次适斋韵十首·棋会

【宋】楼钥

归来乡曲大家闲，同社仍欣取友端。
无事衔杯何不可，有时会面亦良难。
少曾环坐坐长满，赖有主盟盟未寒。
琴弈相寻诗间作，笑谈终日有余欢。

蒋德尚棋会展日次适斋韵

【宋】楼钥

棋社经年能几回？身闲深幸屡参陪。
一旬又见朋簪集，三径还应听覆开。
休若索居徒面壁，何如相遇且衔杯？
虽由药里宽初约，不碍重寻旧雨来。

棋声花院闭

【宋】刘克庄

静院闭花时，沉沉昼漏移。
偶然声出户，应是客围棋。
夜寂推枰响，机深落子迟。
恼禅天女去，入定老僧知。
鹄至难传艺，莺啼许借枝。
须臾分局势，何待烂柯为。

悟 棋 歌

【宋】 吕公

因观黑白愕然悟，顿晓三百六十路。
余有一路居恍惚，正是金液还丹数。
一子行，一子当，无为隐在战征乡。
龙潜双关虎口争，黑白相击迸红光。
金土时热神归烈，婴儿又使入中央。
水火劫，南北战，对面施工人不见。
秘密洞玄空造化，谁知局前生死变。
人弃处，我须攻，始见阴阳返复中。
综喜得到无争地，我与凡夫幸不同。
真铅真汞藏龙窟，返命丹砂隐帝宫。
分明认取长生路，莫将南北配西东。

观 棋

【元】 艾性夫

搀先岐路不容差，
形定心忙寂不哗。
仙客莫嫌春昼短，
东风落尽海棠花。

观　棋

【宋】郑侠

三百六十路，通精此有门。

数奇藏日月，机发动乾坤。

对面知为敌，浑输却有翻。

诈贪常易丧，仁守乃长存。

只子如轻用，全功更莫论。

就令投险胜，宁抵被围奔。

纵得四方尽，宁同一腹尊。

旁观饶好看，当局奈嗔言。

惭愧中孚信，几危大壮藩。

坐观成败者，安得不惊魂。

宫娥弈棋图

【元】袁桷

争先春色在眉端，围坐佳人着意看。

可是相怜饶不得，东风自怯五更寒。

清平乐·围棋

【元】刘因

棋声清美。盘薄青松底。门外行人遥指似。好个烂柯仙子。输赢都付欣然。兴阑依旧高眠。山鸟山花相语。翁心不在棋边。

围棋白日静

【元】叶颙

围棋白日静，举袂清风吹。
神机众未识，妙著时出奇。
我老天宇内，白雪凝须眉。
坐阅几输赢，历观迭兴衰。
古今豪杰辈，谋略正类棋。
局终一大笑，惊起山云飞。

围　棋

【明】高启

偶与消闲客，围棋向竹林。
声敲惊鹤梦，局罢转桐阴。
坐对忘言久，相攻运意深。
此间元有乐，何用橘中寻。

宫词一百首（节选）

【唐】王建

弹棋玉指两参差，背局临虚斗著危。

先打角头红子落，上三金字半边垂。

早春寄岳州李使君，李善棋爱酒，情地闲雅

【唐】杜牧

城高倚峭巘，地胜足楼台。朔漠暖鸿去，潇湘春水来。

萦盈几多思，掩抑若为裁。返照三声角，寒香一树梅。

乌林芳草远，赤壁健帆开。往事空遗恨，东流岂不回。

分符颍川政，吊屈洛阳才。拂匣调珠柱，磨铅勘玉杯。

棋翻小窟势，垆拨冻醪醅。此兴予非薄，何时得奉陪。

观　棋

【唐】贯休

逸格格难及，半先相遇稀。

落花方满地，一局到斜晖。

褚胤死不死，将军飞已飞。

今朝惭一行，无以造玄微。

七　绝

【唐】李逸民

忘忧清乐在枰棋，坐隐吴图悟道机。

乌鹭悠闲飞河洛，木狐藏野烂柯溪。

刘十九同宿（时淮寇初破）

【唐】白居易

红旗破贼非吾事，黄纸除书无我名。

唯共嵩阳刘处士，围棋赌酒到天明。

五言奉和咏棋应诏（其二）

【唐】许敬宗

拂局初料敌，阴谋比用师。

观形已决胜，怯下复徐思。

转战频相劫，图全且自持。

宸襟协尧智，游艺发如丝。

戊午三月晦二首

【唐】司空图

随风逐浪剧蓬萍，圆首何曾解最灵。
笔砚近来多自弃，不关妖气暗文星。

牛夸棋品无劲敌，谢占诗家作上流。
岂似小敷春水涨，年年鸾鹤待仙舟。

五言奉和咏棋应诏（其二）

【唐】刘子翼

锐心争决胜，运功合图全。
眼均须执后，气等欲乘先。
引行遥下雁，徇地远侵边。
借问逢仙日，何如偶圣年！

破阵子·仕至千钟良易

【宋】陆游

仕至千钟良易，年过七十常稀。眼底荣华元是梦，身后声名不自知。营营端为谁？

幸有旗亭沽酒，何妨茧纸题诗。幽谷云萝朝采药，静院轩窗夕对棋。不归真个痴。

水调歌头·十里深窈窕

【宋】辛弃疾

十里深窈窕，万瓦碧参差。青山屋上，流水屋下绿横溪。真得归来笑语，方是闲中风月，剩费酒边诗。点检歌舞了，琴罢更围棋。

王家竹，陶家柳，谢家池。知君勋业未了，不是枕流时。莫向痴儿说梦，且作山人索价，颇怪鹤书迟。一事定嗔我，已办北山移。

和观棋

【宋】吴泳

七雄虎斗着难下，三季蚖蟠石不磨。
蛮触纷纷无了日，青身白水弄镰柯。

晚游城西开善院，泛舟暮归二首·晚照余乔木

【宋】苏轼

晚照余乔木，前村起夕烟。
棋声虚阁上，酒味早霜前。
远谪何须恨，来游不偶然。
风光类吾土，乃是蜀江边。

席上代人赠别三首

【宋】苏轼

凄音怨乱不成歌，纵使重来奈老何。
泪眼无穷似梅雨，一番匀了一番多。

天上麒麟岂混尘，笼中翡翠不由身。
那知昨夜香闺里，更有偷啼暗别人。

莲子劈开须见臆，楸枰著尽更无期。
破衫却有重逢处，一饭何曾忘却时。

兴元府园亭杂咏·棋轩

【宋】文同

北城云最高，上复有乔木。
垂萝密如帐，中乃营小屋。
时引方外人，百忧销一局。

送棋僧惟照

【宋】文同

学成九章开方诀，诵得一行乘除诗，
自然天性晓绝艺，可敌国手应吾师。
窗前横榻拥炉处，门外大雪压屋时，
独翻旧局辨错着，冷笑古人心许谁？

景逊以诗招棋因答

【宋】文同

待阙官期远，侨居客思多。
许时闲日月，愿与局中磨。

避世（节选）

【明】唐寅

随缘冷暖开怀酒，懒算输赢信手棋。
七尺形骸一丘土，任他评论是和非。

仙姑对弈图

【元】黄庚

碧玉花冠素锦裳，对拈棋子费思量。
终年不下神仙着，想是蓬莱日月长。